Doramar ou a odisseia

Itamar Vieira Junior

Doramar ou a odisseia

Histórias

todavia

À memória de Maria Zélia

*Às mulheres, maternas, ancestrais,
que se fizeram movimento em meu caminho*

*Nasci numa aldeia
pequena, reclusa, como o útero
e ainda não saí dela.*

Adonis

A floresta do Adeus 11
Farol das almas 24
O que queima 27
Alma 35
A oração do carrasco 57
O espírito *aboni* das coisas 79
Na profundeza do lago 87
Inquieto rumor da paisagem 93
Meu mar (fé) 98
Doramar ou a odisseia 112
Voltar 129
manto da apresentação 144

Nota do autor 153
Agradecimentos 155

A floresta do Adeus

"Aqui é o limite", o soldado aponta com a arma uma linha amarela quase apagada no chão. Duas cercas de arame farpado se estendem paralelas à estrada de um lado, ao fundo de uma floresta, do outro. Uma estrada longa, a vista não alcança. As cercas são novas, brilham como a prata de Potosí, formam espirais, dão voltas em torno do ar, envolvendo-o de modo lento e perigoso. Cada cerca tem cinco metros de altura, vinte ou trinta centímetros de profundidade, entre uma e outra há um espaço de meio metro. A zona, silenciosa, é guardada por soldados ao longo da linha, como soldadinhos de chumbo dispostos ali por uma mão infantil, que mantêm quase a mesma distância entre um e outro. No lado sul da cerca corre uma estrada de chão paralela, não pavimentada, cujo trânsito é quase inexistente. Nenhum dos soldados sabe dizer para onde a estrada segue, qual sua origem ou seu destino. Por ali não passa nenhum tipo de carga e o deslocamento humano é ínfimo. O lado norte é demarcado por uma alta floresta de eucaliptos, com vãos ocos entre uma árvore e outra, muitos galhos secos no estrato inferior e nenhum pássaro ou animal a habitá-la. O som que mais se ouve é o do vento chacoalhando as folhas na floresta do Adeus. Sabe-se que um nativo a chamou de floresta do Adeus porque, quando ela chegou com os homens e em pequenas mudas, a população local foi deslocada para longe, e as folhas, quando as árvores atingiram a maturidade, farfalhavam replicando o vento, como pequeninas mãos dando adeus.

Eu me posto na margem da estrada onde o limite foi estabelecido e aguardo, mirando a floresta, com o coração cheio de incerteza de que eles conseguiriam vir, conforme combinamos no último encontro. O barulho do vento, incansável, abafa os sons que espero: das pegadas quebrando gravetos secos e compactando as folhas caídas de tanto adeus. Ao longe, surge uma sombra que logo se divide em duas, três, quatro, cinco, com suas roupas coloridas, as tias idosas com lenços na cabeça, a prima com um lenço florido que emoldura seus cabelos soltos, o tio de bigode grisalho com a boina velha que usa desde que eu era criança. A tia mais velha traz um cesto de vime nos braços, vem balançando entre as folhas, sorrindo para as irmãs que lhe contam alguma história que, de onde estou, não consigo escutar. O tio de vez em quando olha para as mulheres e fala algo. A prima, a cigana, desliza leve entre as folhas, quase etérea, alada, sopro da natureza, com um sorriso enigmático nos lábios que fere meu coração.

Logo tia Isabel Grande, a mais velha, acena com um lenço ao ver que estou plantado sob o céu nublado de grossas nuvens cinza, que prenunciam a chuva mas ainda são apenas uma ameaça. O tio tira a boina e aperta os olhos, entrecerrando-os para ver melhor por trás de suas lentes garrafais. Acena e sorri, enquanto as outras irmãs apressam o passo para se postar o quanto antes diante da cerca.

"Você está mais corado", "Como está mais robusto", "Acho que esse lugar lhe faz bem", "Hoje trouxemos pães assados para que você possa levar" — o tio, com o dedo nos lábios, emite um sonoro *shhh* e aponta para os soldados e suas armas, que poderiam acabar naquele mesmo instante com nosso encontro. "Você não sabe que não podemos passar nada de um lado para outro? Parece uma velha demente." Tia Isabel Grande o olha de cima a baixo, pouco se importando com a reprimenda, descansando o cesto no chão e limpando as mãos nas várias camadas da saia, sorrindo para mim com sua ternura de mãe. Tia Belita, a Isabel Pequena, miúda e encurvada, com sua trança grisalha, ajeita os óculos na face e acena com as mãos diminutas, mãos de lavar cortinas da igreja, coreografadas com as folhas de eucalipto. Tia Isaura, ao seu lado, não sorri, mas apenas porque não sabe sorrir. Atenta, ela me alcança com os olhos, examinando as coisas que a irmã diz, nunca realmente acreditando em boas notícias. Prima Rosa, a cigana, cintilante e púrpura, deixa cair como uma pétala um sorriso do rosto.

Meu coração guarda o conforto da visita das tias, do tio com seu ar bonachão, mas se deita leitoso no véu do crepúsculo por ver Rosa, a cigana, a prima de amor a acalentar meu corpo em murmúrios, com seus olhos vagarosos a verter luz. Como se fosse água minando da fonte, seus cabelos revoltos domados por um lenço de renda, seu vestido de cambraia revelando os contornos do corpo doce e maduro, os lábios livres de batom, mas cor de carmim como se fossem pintados, deslizando seus passos como se dançasse para os espíritos da terra, a deusa da fertilidade, uma camponesa de mãos lapidadas no trabalho, com sulcos e vincos, lanhos pelos braços e pernas, pelo corpo forjado no solo como o metal se forja num cinzel, a me desfazer em anseios, em conforto, em pecado, em condenação, em absolvição.

Seus olhos encontram os meus por poucos segundos, com medo da reparação que as tias exigiriam de nosso encanto quase impossível de ser disfarçado. Fiz uma prece tão pequena ao tempo para que ele nos congelasse num instante, que os relógios do Sul e do Norte parassem para sempre, que nossos olhos jamais se desencontrassem, que a cerca se desmanchasse como a neve, que as tias abençoassem esse tempo que não avança nem retrocede, que rogassem suas bênçãos para os relógios que conhecemos, a ampulheta com a areia que se unisse como rocha, a clepsidra sólida como um bloco de gelo, um relógio de sol que fosse todo sombra, pêndulos imóveis como as cercas que não mudam de lugar.

"Você sabe, meu filho, que nossa vizinha muito jovem" — rompeu-se meu canto interior hipnotizado com a luz de Rosa — "operou na última semana. Ela tirou dois úteros porque tinha um *cristo*." Tio Isaque franze a testa, baixa os óculos garrafais para a ponta do nariz, olhando tia Isabel Grande com seriedade: "Isabel, você não está muito bem. Sou um homem pouco letrado, mas mulher só pode ter um útero", arrancando risos de tia Belita, a Isabel Pequena, e de Rosa; menos de tia Isaura, que jura que não sabe sorrir. Isabel Grande, ofendida com a reprimenda do irmão, queixa-se: "Ela tinha sim um *cristo* e teve que tirar os úteros". "Ela tinha um cisto, e não um '*cristo*', e deve ter tirado os ovários, e não 'os úteros'." Isabel Grande para por um momento, ajeita os óculos, abre a palma da mão, retrai dois dedos, "isso mesmo, tirou os dois ovários", e olha para tio Isaque, "é a mesma coisa, as palavras me atrapalham", sem cerrar o cenho, dando uma sonora gargalhada, acompanhada de nossas risadas cada vez mais altas, inclusive das de tio Isaque, que começa a tossir grosso com um só pulmão combalido de fumo, menos das de tia Isaura, que não sabe sorrir, mas tamborila as pernas com as mãos nervosas, até que o soldado do lado sul, o lado da estrada em que eu estava, levanta a arma para o céu e dá uma rajada de tiros em direção às nuvens, suficiente para silenciar até o vento que uiva baixinho.

As tias se recompõem num sobressalto. O tio engole a tosse, como se fosse possível. Rosa fica lívida, olhando para o chão, as pontas do lenço suspensas pelo ar que adorna seu rosto. Tusso um pouco para esquecer nosso riso bobo; tia Isabel Grande, um pouco ferida em sua dignidade, tira o lenço da cabeça como para mostrar seus cabelos brancos, atestado de sua ancianidade, dirigindo um olhar de reprimenda de boa tia para o soldado, que logo baixa os olhos e as armas, envergonhado.

Tia Isabel Grande retira os pães do cesto. Embrulhados em papéis pardos, posso sentir o cheiro de onde estou. Tia Isabel faz um sinal para que eu abra meu casaco, e com muita autoridade, bufando sua dignidade em palavras quase inaudíveis, passa os pães com suas mãos calejadas de trabalho pelas cercas, para que eu, tenso e envergonhado, os enfie rapidamente em meu casaco, quentes, a afastar o frio, sob a guarda posta em suspeição pelo ato de minha tia, com os soldados que fingem não ver nosso contrabando.

O vento desalinha meu cabelo e eleva as pontas de meu lenço de renda que, por pouco tempo, cobrem meus olhos úmidos de espera, úmidos por Luís, que vive além da floresta do Adeus, do outro lado da cerca, onde existe uma estrada. A rosa túmida de meu corpo, inútil flor sem sua presença, sem ter para quem se inclinar, perfumar, rosa vil que pisa folhas mortas, que se arrasta em sua graça vã, corpo que dança sem música, pão que assa sem brasa, a cigana indomada, ardendo em seu corpo jovem, arrastando-se com as tias de muitas saias e o tio a quem coube ser meu pai. Quero olhar Luís, sentir sua presença, sua afeição pelo campo, pela terra, pelas cores que ornam o mundo, sua sutileza quase animal, seu rosto queimado de lutas, Luís que nasceu na mesma casa velha contornada de varandas, de quintais onde ciscam galinhas e se colhem ovos, onde se erguem os pomares de nossa infância, os beijos de araçás, a ternura hostil da cana, a sombra fresca da mangueira, o sono lento de nossa aurora, assim chegamos ao mundo, quase juntos, no calor da lenha que queima nos fornos de assar pães, na irmandade de nossas mães, na casa das mulheres de lida, âncoras de nossa infância, corpulentas por natureza, sempre se deslocando por corredores e terreiros, quarando roupas ao sol que o céu nos dá, movimentando tachos que borbulhavam com tecidos, com mãos e aventais perfumados de sabão, Isabel

Pequena cuidando das cortinas da igreja, Isaura amassando e batendo o pão na pedra, Isabel Grande com as mãos generosas colhendo temperos da horta, retirando raízes do chão com seu corpanzil de matriarca, Isaque com seu arado preparando a terra para a semeadura. Nós éramos muitos filhos e filhas de muitas mulheres e de alguns homens, tantos que éramos, quase inumeráveis, povoando a casa de nossa infância com movimento, barulho e vida. Essa casa que sem sua presença se arruína, ostenta fendas nas paredes, goteiras no telhado, musgos crescendo em seus cantos, mato onde houve flores, abandono onde existia zelo. Meus pés agora atravessam a floresta sem vida, onde não cantam pássaros, onde não andam cutias, onde as folhas acenam em permanente despedida. Prossigo e sinto o calor em meu peito, derretendo o frio à nossa volta, nossas tias muito determinadas, carregando os pães da fornada da manhã, com suas vozes matraqueantes rompendo o silêncio, as folhas e os galhos dos eucaliptos quebrados, a patrulha de soldados que vigiam as cercas, Luís crescendo do fundo, do fundo, do fundo da paisagem, do fundo de meu corpo, necessário e presente, tão presente em suas ausências que era impossível não querê-lo. Tia Isabel Grande acena com seu lenço perfumado com as flores de nossa casa, tio Isaque tira a boina da cabeça, saudoso que estava de seu sobrinho, tia Belita e tia Isaura andam com sua ligeireza de trabalho para chegar mais perto da cerca e se aproximar cada vez mais do outro lado.

A face de luz e calor, tão menino ainda, como se houvesse chegado a este mundo apenas ontem, com toda a sua bondade e beleza, suas ações perdidas no recato de seus gestos, em sua necessidade de servir e viver, eu como um espírito quase submerso na floresta, nos adeuses, nas cercas e nas armas, sufocada com a leveza de tudo à nossa volta, procurando seus olhos, sem escutar o que a tia lhe falava, sem me importar com a patrulha, com a separação física que nos foi imposta pelo arame, eu cozinhando aos poucos como um pão que cresce moreno e invade nossa fome com seu cheiro tépido e apetitoso, agora voltava de sua presença, voltava às noites de febre e solidão de minha cama, as cortinas cerradas, a luz que não penetrava a flor de meu peito, iluminando-a para que se levantasse ao seu destino, meu corpo quase levita porque o espera naquela casa que agora apodrece como uma árvore morta, com cogumelos que crescem em sua podridão úmida, os dias se passam e eu só posso sonhar com esse momento, em que estarei além da floresta do Adeus, arrastando-me silente entre a terra coberta de folhas e gravetos, contrapondo-me à tagarelice de nossos tios que povoam o caminho com suas discussões, como nesta exata hora em que falam sobre muitas coisas com você, querem saber de sua saúde, dão notícias sobre os que vivem perto de nossa morada, meu corpo flutua entre as palavras, aguardando uma brecha para que eu possa atravessar a barreira de arame e chegar aos seus braços, fazer pães suculentos, levar frutas da época de nosso pomar, segurando seus braços com minhas mãos, sentindo seus pelos nas minhas palmas, agradecendo por sua presença, chamando-o de primo, e as risadas de todos se misturam ao meu desejo, eu rio com muita vontade, talvez mais exagerada que qualquer um, nem mesmo sei do que riem, mas rir espanta as noites maldormidas, as noites de espera sem fim, tiros estouram no ar, os risos cessam, tia Isabel Grande tem a fúria gravada no semblante, tira o lenço da cabeça, seus cabelos brancos balançam ao vento, em sua rebeldia ela passa os pães para Luís, os pães que tia Isaura fez e que embrulhei com afeto, em seu rosto vejo o contato do pão com seu corpo, aquecendo-o, o vento frio se dissipando ao seu redor e eu sem querer voltar.

O tempo, como nunca, marcha apressado para qualquer recanto: o tempo da espera é vagaroso como um caramujo; o tempo da ausência, veloz como a águia. As tias marcham com suas muitas saias. O tio resmunga dos passos lentos das mulheres. Rosa caminha fluida como o tempo, Luís tem a certeza da aurora, os soldados bocejam cansados, riscam o chão com as próprias armas, pensam no dia em que terão filhos, pensam em confiscar o pão do jovem, mas se enchem de piedade da família, a floresta sussurra seus adeuses como se não houvesse mais nada na vida, muitas placas surgem com o passar dos meses, "afaste-se", "mantenha-se atrás da linha amarela", "proibido ultrapassar a partir deste ponto", ninguém questiona como elas surgiram, conformam-se, resistem, a estrada se torna aos poucos mais movimentada, primeiro surgem caminhantes, viajantes, depois surgem pessoas andando a cavalo, uma charrete, num ano qualquer aparece o primeiro automóvel, com um barulho desengonçado que distrai os soldados, permitindo que se avance além da linha amarela, aos poucos as peles se tocam, a vileza da distância não impera absoluta, não cega a beleza do encontro, a floresta pouco a pouco vai sendo derrubada, replantada, derrubada de novo, em lotes que nunca permitiram que se extinguisse por completo, fazendo-nos esquecer o farfalhar de seus adeuses, e mais e mais pessoas vêm para a fronteira de cercas encontrar seus entes, familiares, amigos, amantes, inimigos exigindo vingança, cobradores e seus devedores, os interditos vão perdendo o sentido, a regra é driblá-los, à noite, antes do amanhecer, os cães acompanham seus guardiões, os pássaros migram de um lado para outro sem repousar na floresta, descem na estrada, se alimentam das migalhas dos pães, homens e mulheres, mesmo com as interdições oficiais, começam a passar mais dias ao lado da cerca, arrastando objetos que possam lhes ser úteis, quem sabe para uma temporada maior que as horas, mulheres e homens em lados opostos, homens e homens, mulheres e mulheres, os olhos, os gestos, as palavras eram tantas que começaram a conversar em vozes de baixo, contrabaixo, soprano, barítono, até tenor, muitos sem poder escutar recorriam às mímicas, movimentando o corpo para se fazer entender, logo os soldados foram se tornando insuficientes para controlar tamanho afeto, as patrulhas não bastavam para impor um limite aos encontros que se transformavam quase em confraternizações, eram tantas pessoas que sonhavam com a derrubada da cerca, com a possibilidade de transitar de um lado a outro, que aquele calor humano no inverno das horas foi fundindo o vil metal, delicadamente, um pouco a cada dia. Rosa e Luís com os primeiros cabelos brancos, com os corpos declinando tenuemente, a face se entranhando de linhas mágicas do tempo, cada marca era um dia no calendário da existência, mas a espera nunca quebrantou a esperança, a energia do que sentiam, nunca livrou Rosa dos pesadelos, nunca foi suficiente para que o pecado de Luís fosse completamente solitário porque a cigana bailava livre em seu pensamento, não poupou a prima dos calores e rompantes de fúria, de lágrimas e cantos religiosos, dos quintais de roupas quarando, das cortinas se movimentando como bandeiras ao vento do norte, de sua tia curvada sobre a tina, impávida, inquebrantável, dos campos arados pelo tio, da semeadura perene das manhãs, seu lenço rendado cobrindo os cabelos da luz que descia clara do céu, as sementes vertendo de suas mãos, Luís amando cada imagem da rosa de sua terra, cada imagem que trazia de sua lembrança, ele próprio revolvendo a terra, revolvendo os livros, vertendo de sua mente palavras como as sementes que deixam as mãos da cigana exuberante, com seus cabelos em ondas, amando cada partida de sua morada para encontrar sua luz, a rosa que não fenece em seu esplendor, a linha amarela se apaga, suas mãos penetram os círculos de espinhos do metal oxidado, ferem-se com arranhões, gotejam as justas cotas de sangue, os dedos encontram suas faces, percorrem seus sulcos, ajeitam os cabelos em desalinho de Rosa, e uma luz muito intensa desabrocha de seus rostos, as cercas entortam a cada dia, as pessoas se escoram sem medo, urdindo a queda lenta do que as separa, cada ferida aberta no metal vai se tornando parte de cada corpo, então não há importância se todos se ferem, os filetes de sangue deixam os corpos como minúsculas pétalas, petúnias encarnadas florescem na aridez da estrada, na luz morta da floresta do Adeus, logo as mulheres voltam para seus lugares ao longo da cerca, grávidas de seus homens trabalhadores que habitam o progresso, o amor tão irrequieto e transgressor não causa mais espanto aos soldados, o desassossego é um sopro nas proibições, eles baixam as armas, compartilham o pão com os vigiados, amam em seus recatos, deixam-se ferir porque não temem as feridas da carne, a cerca, alta em outros tempos, diminui, entorta-se, rompe-se e se quebra; se no início era reparada, agora não é mais, as passagens se multiplicam, Luís encontra a boca de Rosa, quente como na infância, na virtude da adolescência, seus braços envolvem a cigana dos campos além da floresta, a zíngara da cerca, a gitana de seu peito, Rosa livre percorrendo a floresta na ausência dos tios, ignorando o farfalhar de despedidas, sorrindo, presenteando o ar com os risos abafados na solidão, desabrochando não só rosa, mas também manacá, catleia, munguba, botão-de-ouro, ipomeia, lírio, begônia, cambará, onze-horas, púrpura, rosadas, na primavera tardia de suas vidas.

Assamos pães na beira do forno desde meninas, apanhamos lenha com a irmã Isaura quando o sol cai no fim da tarde, colhemos as verduras na horta com a irmã Isabel Grande, sou a responsável por lavar as cortinas e toalhas da igreja, engomamos tudo com a ajuda da sobrinha Rosa, para que a missa seja de limpeza impecável. Somos as três irmãs dessa numerosa família, não tivemos filhos mas criamos quase duas dúzias de sobrinhos e agregados, que viveram na casa onde nascemos e aos poucos partiram para suas novas moradas. Somos as mulheres que viveram para servir, trabalhar, que deixaram de lado o sonho de morada, lavoura e vida próprias. Que levantaram pela manhã à espera de casamento, à espera de um viajante que se tornasse marido, aguardando uma carta com um pedido e uma promessa. Ajudamos nossas irmãs e cunhadas a darem à luz seus filhos, com água morna, tesoura nova, colher incandescente — para queimar o umbigo — e o ferrado feito com as cinzas das lenhas para que as mulheres depois não tivessem gases e outras complicações. Somos as mulheres que enterraram as placentas nos quintais, os umbigos das crianças, que deram o primeiro banho depois de uma noite de lua, que fizeram o xarope de parida para os visitantes, que recolheram as ofertas das colheitas para os recém-nascidos, que se importavam com as visitas, preocupadas se estavam bem assistidas, bem servidas, se nada lhes faltava. Somos as mulheres que guardavam suas dores de cólicas caladas, que escondiam os restos de suas regras no mato, que colhiam as ervas para as infusões das crianças e dos que convalesciam. Somos as mulheres que enfrentaram a chuva impiedosa, o sol inclemente, que deram sua força e seu corpo, de sol a sol, para que nada faltasse em nossa mesa. Somos as mulheres que deixaram de ler bons livros, deixaram de aprender as letras, pois não havia tempo nem interesse para que aprendêssemos algo que nos tornasse diferentes. Seguramos a enxada, manejamos a foice, carregamos largos cestos com a abundância dos frutos que eram as dádivas de nosso trabalho, o dom da terra. Somos as mulheres que lavaram as pesadas cortinas da igreja para que a casa de Deus estivesse sempre impecável, que fizeram orações para os ricos e os pobres, sem que ninguém se desse conta de que, para que aquelas cortinas estivessem tão alvas refletindo a luz, várias mulheres precisaram dar seu tempo de vida, enrugaram suas mãos, ressecaram-nas com sabão, queimaram-nas com o ferro e o braseiro, e, mesmo assim, não éramos lembradas nos dias especiais quando as boas famílias recebiam cumprimentos do sacerdote ou as mulheres de sobrenome eram louvadas por seus gestos de benevolência, quando davam uma moeda de suas riquezas. Sempre fomos deixadas em segundo plano por Deus e pelos que falam em seu nome, como servas secundárias, sem brilho próprio, sem direito a reverências. Sou uma mulher de baixa estatura, com uma deficiência na coluna que me fez corcunda. Sou a mulher que olha com admoestação e reprovação os tolos que se aproximam com falsa compaixão para tocar minha corcunda e fazer um pedido como amuleto de sorte. Mas na noite de meu quarto eu chorava, pois sabia que nunca iria me casar ou ser amada, porque todos me viam como uma coitada que carregava uma montanha nas costas. Apesar de tudo que passamos, somos as mulheres que não lamentam sua sorte. Somos as que zelam pela casa, para onde nossos pais se mudaram depois de deixar a casa de seus pais e de fundar morada. Nossa casa de pé-direito alto, grandes janelas e portas abertas, casa generosa que acolheu pobres e viajantes, onde o trabalho nunca foi um fardo, mas a sincera alegria da vida, o despertar de nossos dias, o movimento que gira o mundo, que faz o sol nascer e a lua também, que traz a chuva, os pássaros que migram, os insetos, as abelhas, o mel, a florada, o sereno, os campos, a boa colheita.

Desde pequenos, Rosa e Luís guardavam uma intimidade de irmãos e amantes, tudo sentido por todos, sutil aos meus cuidados. Quando cresceram e chegaram à idade adulta, Luís, incompreendido, deixou nossa casa para além da floresta do Adeus com a motivação de estudar as letras para regressar e nos ajudar. Sabíamos do perigo, da separação que nos seria imposta, sem a garantia de que, quando tudo passasse, ele voltaria para sua morada. Mesmo assim, ele se arriscou. Em meu íntimo, sabia que ele queria estar longe da prima por um tempo, traindo seus sentimentos, como se fosse possível tirar de uma só vez de dentro de si o afeto que acumulara em suas histórias.

Rosa se revirou em sua cama com pesadelos. Em nosso íntimo, desejávamos para ela um destino diferente. Ela sempre viu força em nossas vidas e quis estar ao nosso lado, não para servir, mas como as mulheres que enfrentavam as vicissitudes com destreza maior que a dos homens que um dia fizeram parte de sua vida. Luís era sua paixão, e tudo que coubesse a mim para que ela vivesse o amor que não vivemos, eu faria. Não, ninguém compartilhava desse desejo transgressor, de unir os dois primos, quase irmãos, a não ser eu mesma. Eu, um anjo de asas tortas surgidas de uma corcova, que contrariava, pelo menos em pensamento, o mundo. Os animais procriavam juntos em nossos quintais, na escuridão de nosso olhar, e mesmo a eles estendemos os interditos da família como se eles próprios fossem gente. Mas eles continuavam a nos afrontar, quase discursando, como se estivessem num púlpito: "Sigam a natureza, sigam a natureza". Enfrentei as irmãs na batalha para convencê-las de que Rosa poderia sair sozinha, que já era uma mulher e não mais aquela menina. Ela mesma faria a entrega para a igreja. Quando nossos pés estivessem inchados pela idade e pelo trabalho, ela teria força, viço e disposição para fazê-lo. Encorajei-a para que levasse pães para Luís, que não voltaria enquanto aquela cerca permanecesse de pé, separando floresta e estrada, terra e terra, famílias, amores. Eu a observava envelhecer, mas sem permitir que caísse na desesperança a que nós, suas tias, muito jovens nos entregamos. Penteava seus cabelos, nos quais surgiam os primeiros fios brancos, sem permitir que desistisse, sem ouvir uma palavra sobre o que sentia, mas capaz de saber tudo que seu corpo e sua alma desejavam. Sussurrando em minhas preces, "Vai... vai... vai...".

Farol das almas

Em 1842, num espaço de três meses, dois navios que haviam saído do porto de Uidá, no Benim, carregados de homens e mulheres que seriam escravizados na Bahia, encalharam quase no mesmo ponto da costa, três léguas ao norte de Salvador. A região, ainda pouco povoada, não dispunha de iluminação para navegação noturna. Soube-se que havia poucas embarcações que poderiam resgatar o contingente embarcado: as do primeiro navio logo foram ocupadas para salvar a tripulação e alguns homens escravizados, talvez os mais fortes, sendo que a maior parte, inclusive todas as mulheres, morreu em alto-mar; o segundo navio não tinha sequer embarcação para toda a tripulação, e os ocupantes de diferentes etnias morreram sem que a Armada Nacional fizesse qualquer esforço para salvá-los. Esses incidentes levaram o governante da província a considerar a urgência de se construir um farol que guiasse o transporte marítimo com segurança até o porto da capital. Dois anos mais tarde, foi concluída a construção do Farol da Pedra do Peixe Duro.

Sob ordens da Armada, desembarcamos as peças vindas do estrangeiro e que seriam usadas para a casa de luz a ser erguida na Pedra do Peixe Duro, como o povo tupinambá chamava o lugar. Eram peças grandes de metal, bastante pesadas, desembarcadas perto da costa em pequenos barcos, mas carregadas por nós, homens cativos. Aos poucos, levantamos uma base de concreto por cima das pedras em que o mar quebrava, onde ficaria a casa de luz. Estávamos atentos às ordens dos engenheiros e cuidando dos movimentos certos para que nenhuma avaria prejudicasse nosso trabalho.

Estávamos também cansados, mas havia em muitos de nós uma grande alegria por estarmos contribuindo com essa tarefa. Dia após dia, a casa de luz que construíamos foi crescendo em meio ao mar e à areia, numa região onde nunca havíamos estado, mas que enchia nossos olhos das cores dos muitos pássaros e da vegetação rasteira. Fazia dias e dias que não víamos a cidade, porque estávamos num ponto distante. Éramos vinte e dois homens e uma mulher, que tinha sido levada apenas para cozinhar para os homens cativos. As noites eram quase frias, de grande vento, e houve uma noite muito bonita em que vimos *osupa* surgir imensa e amarela no horizonte das águas. Quando os engenheiros viram a grande luz, disseram que a que construíamos seria como *osupa*.

Tínhamos o corpo marcado pelo trabalho. Alguns de nós apresentavam cicatrizes na pele, nas costas, nas pernas, no rosto. Quase todos tinham também feridas na alma. Apenas um de nós havia feito a travessia de navio de lá para cá. Ele nada contava, quase não falava, mas tínhamos certeza de que havia enlouquecido ao ver corpos sendo atirados ao mar — era o que os africanos diziam — e também ao perceber que não pertencia mais a lugar nenhum.

E nossos pés descalços caminhavam todos os dias até as pedras, e as subiam na maré baixa para, com nossas forças, levantarmos a casa de luz.

Quando ela ficou pronta, já não éramos mais vinte e três, dois homens haviam morrido de exaustão, não por este trabalho, mas por tudo que tinham feito na vida. À noite, quando a casa de luz estava acesa, também não parecia em nada com *osupa*, como os homens da Armada haviam falado. Era uma luz pequena que surgia e sumia, surgia e sumia, sem fazer diferença para nós que estávamos na terra. Mas eles se entusiasmavam. Deixaram tudo pronto para a visita do governante da província, e alguns de nós permanecemos por lá para ajudar na manutenção, nos primeiros tempos que o homem quis clarear a noite.

Foi a mulher que cozinhava para nós que perguntou, em segredo, quem acendia a casa de luz. Os homens da Armada, dissemos. Ela lamentou não achar justo que aquele monstro de ferro que cuspia luz à noite servisse para guiar as embarcações que traziam os nossos para morrerem de maus-tratos e trabalho. Não era só para isso, dissemos, mas também era. E vimos, cada um à sua maneira, que de dia ela espreitava pela janela de onde estava e era capaz de nos dizer quais embarcações abrigavam almas aflitas, e que buscavam nela conforto. Era como se ela mesma fosse um emissário no alto da casa de luz, que nos informava o que os navios traziam.

Ainda vimos *osupa* surgir grande e enfeitiçando os homens na terra, até que a cozinheira da Armada voltou para a cidade. Foi quando aquela mulher, que nos assombrava com sua magia, que encontrava e falava além do vento com as almas embarcadas, passou a cozinhar para eles. Nunca nos esquecemos desse dia, porque logo depois da ceia eles caíram num grande sono. Mesmo nós, que não dormimos, andamos como se estivéssemos em sonho. Não sabemos dizer ao certo quem apagou a casa de luz nem quem nos ordenou que seguíssemos com os barcos para o mar em direção ao pequeno lume no breu da noite. Nem soubemos dizer por que os homens brancos a quem estendemos as mãos para os nossos barcos foram afogados também por elas. Nem mesmo sentimos culpa, porque nossos corpos eram guiados por tudo o que sonhávamos, e foram nossos braços marcados que conduziram nossos irmãos do mar para a terra, e da terra para as veredas da liberdade.

O que queima

Depois de vinte anos de trabalho e muita economia, o casal conseguiu comprar a primeira casa. Iluminada, com amplas janelas, precisava de reparos, mas nada que o saldo bancário de que dispunham não pudesse dar conta. Sacrificaram viagens de férias, diversões, pequenas extravagâncias. Alguns diziam que eles renunciaram até mesmo a ter filhos, que não cabiam no planejamento, no qual a casa era a prioridade; afinal, antes dos filhos, precisavam ter um lar. Passou-se muito tempo até que ambos conseguissem reunir o mínimo para ter um imóvel digno.

Depois, já não era mais aconselhável à mulher engravidar na maturidade. Não haveria descendentes, e os dois se conformaram.

A mulher decidiu receber as chaves no dia de seu aniversário de casamento, na altura em que concluíram a negociação. Foram recebidos na casa já vazia, ela e o marido, pela antiga proprietária. Era uma senhora mais velha, que usava roupas gastas, sujas e com pequenos furos. Seus dentes eram amarelados, apesar de escovados, e dela emanava um odor de coisa guardada, que não se dissipava nem mesmo com a brisa apaziguadora que percorria os cômodos e corredores enquanto ela mostrava mais uma vez tudo.

Quando a antiga moradora entregou as chaves ao homem, ele, distraído, as deixou cair, como se tivessem depositado em suas mãos uma pequena brasa ardente. Talvez fosse a emoção de estar concretizando um projeto sonhado durante tantos anos, que demandara muitas renúncias. A senhora se dirigiu à nova moradora com visíveis lágrimas de despedida. Abraçou--a e desejou-lhe muita felicidade, afinal, ela própria havia tido uma íntima felicidade durante o tempo que vivera ali. A mulher, por sua vez, sentiu as mãos frias da senhora, quase geladas, das quais exalava um forte cheiro de carne de frango crua.

Som-de-Pé cava mais um buraco no chão para poder dormir. Muitas floradas se passaram desde que os últimos homens de sua aldeia foram mortos. Foi quando disse que não habitaria uma casa, a própria terra seria sua morada. Se nela caísse por dor, idade ou morte, já estaria em sua cova. Som-de-Pé dormia como uma criança prestes a nascer na quentura da barriga de sua mãe-terra.

Ele cava uma toca ainda mais distante pois teme cair em desgraça. Não há mais o encanto e a proteção de seu povo. Cava quando ouve o som das árvores tombando. Elas não caem pelo tempo, pelo raio ou pela força do vento. Caem pelas mãos dos-que-não-pertencem-a-esse-lugar, que as arrastam pela raiz, com a gana dos monstros que os velhos contadores de histórias de seu povo nem sequer sabiam existir.

Mas ele não ouve apenas as árvores ao chão; Som-de-Pé escuta enquanto dorme que seu tempo está acabando. Ouve o grito dos animais que agonizam. Vê em seus sonhos que o tempo da mata, da chuva e da colheita está chegando ao fim. Som-de-Pé não ouve e sonha apenas: sente também o cheiro do fogo na madeira, nas folhas e na terra. Sente o cheiro dos corpos esturricados e conclui que a terra caminha para um novo tempo.

Caminha para o tempo do fogo.

A mulher voltava do trabalho ansiosa, no fim do dia, desejando tirar os sapatos desconfortáveis apenas para poder sentir os pés de novo no fresco do piso. Nesse caminho de volta, no volante do carro, ia pensando nas coisas que havia na geladeira para fazer uma leve refeição na companhia do marido, que também não tardaria a chegar.

Foi quando encontrou a residência com as luzes acesas. Devo ter esquecido, pensou. Jogou a bolsa no sofá e seguiu para a cozinha.

Ao sentir o cheiro de comida, pensou que o marido havia voltado mais cedo para lhe preparar, talvez, uma surpresa, mas tão logo pôs os pés no cômodo se deparou com a antiga moradora, que apresentava a mesma imagem descuidada, com as roupas sujas e puídas. De suas mãos vinha o característico cheiro de carne de frango crua, agora acrescido de um aroma de guisado com legumes.

Como a senhora entrou aqui? Não nos entregou todas as chaves?

Espero que não se incomode, hoje acordei com saudades da casa, você sabe, morei aqui por quase trinta anos. Resolvi passar e, veja só, encontrei a porta sem o trinco fechado. Não resisti e entrei...

Desculpe, mas a senhora não pode entrar assim na casa alheia.

Achei que não se importaria, afinal, o que é uma casa? Ela continua sendo tão familiar para mim... Sabe que seus móveis se parecem com os que estavam aqui antes?

A mulher ficou atônita. Ela não podia acreditar no que ouvia e deixou a cozinha. A antiga moradora a seguiu apenas para dizer que, bom, não era sua intenção ser invasiva, e até reconhecia que poderia estar sendo naquele momento, mas havia gostado tanto do casal de novos moradores que, primeiro, não resistiu à tentação de olhar mais uma vez a casa, talvez por um último instante. Depois, pensou que poderia fazer algo para eles, algo agradável para trabalhadores que voltam cansados a sua morada. Era uma forma de retribuir o cuidado que tinham com "sua casa", para corrigir depois, "a casa de vocês".

Neste exato instante o marido entrou, deu boa-noite, e cumprimentou primeiro a esposa com um beijo na testa, para depois saudar a visitante. Por último, elogiou o cheiro da comida, até que a senhora acendeu a luz sobre a mesa de jantar e sugeriu: vamos sentar, vou trazer a travessa.

A primeira noite foi tranquila. A escuridão do céu desceu negra e silenciosa. Por um instante, Som-de-Pé acreditou que estava seguro. Carregou, além de seus instrumentos de trabalho, mandioca e mel para sua nova morada.

Mas ao amanhecer viu uma névoa cinzenta avançando pela floresta. As nuvens do céu não desceram à terra. Era o vestígio da chama que avançava consumindo tudo que encontrava pelo caminho. Há muitas floradas, o fogo pequeno atravessou a vida de seu povo, um a um, deixando um rastro de dor por todas as luas, dor que lhe transpassou como uma flecha. Agora era o fogo grande que vinha do infinito para queimar a floresta. Tão logo o céu iria desabar.

Mas Som-de-Pé quer viver na terra. Considera que ainda não é hora de encontrar seu povo no céu. Ele deseja essa morada e por isso se afasta para os confins do mundo.

A cada lugar que chega, Som-de-Pé levanta palhoça e cava um buraco para se atocaiar no calor maternal da terra.

Muitos dias se passaram desde a visita inesperada, até que a mulher pôde dizer que, enfim, agora estavam em paz. Ainda não podiam planejar a merecida viagem de férias, mas não tardaria que o fizessem.

Foi nesse estado de graça, ao voltar no fim do dia para a residência, que encontrou os móveis dispostos em lugares diferentes. Não, a faxineira não faria nada parecido sem nos consultar. Ainda surpresa, viu o marido sair do banheiro, despido, enxugando o cabelo. Não sei se os móveis ficaram com uma disposição melhor assim, ela disse olhando para ele, mas, antes que pudesse completar que apreciava que ele tivesse tido a iniciativa de deixar a casa diferente — mesmo sem necessidade, afinal estavam ali havia tão pouco tempo —, ouviu a pergunta: não foi você que mudou os móveis de posição?

Não... Então deve ter sido a faxineira.

Mas hoje era o dia dela?

Naquele dia, a mulher não dormiu. Passou a noite se revirando na cama, remoendo o pavor das coisas que não tinham explicação. Pensava na antiga moradora. Será que era ela que invadia a casa em sua ausência? Teria algum distúrbio de personalidade? Alguma doença mental? A casa era o objeto de sua obsessão? Ou suas vidas pacíficas é que deviam ser reviradas?

Na manhã seguinte, pediu ao chaveiro que trocasse as fechaduras. Ato que nos dias subsequentes se revelou insuficiente para deixá-la tranquila. A insônia a havia tomado por completo.

Vamos procurar um médico, foi o que disse o marido ao se sentir também vítima do turbilhão de emoções que acometia a mulher. Logo sua perturbação se tornou tão notória que deram um jeito de dispensá-la do emprego. Ela se tornou incapaz de realizar as atividades que sempre executou com destreza. Na semana seguinte à demissão, a mulher ficou reclusa na casa, com as janelas e as cortinas cerradas. Por mais que tentasse dormir sob o efeito das drogas prescritas, sua eterna exaustão não a abandonava.

Até que acreditou que havia câmeras ocultas espalhadas pela casa, observando-a o tempo inteiro. O trinco das portas, as janelas de vidro e os pequenos lustres do teto vibravam de forma permanente. Ela pressentia que a antiga moradora continuava a andar por ali, durante seu sono ou em sua ausência. Sentia sua presença quando constatava os assentos do sofá ou das cadeiras quentes, ou quando era atingida pelo cheiro da carne de frango crua que a nauseava.

Certo dia, quando o marido voltou, disse a ele: não quero mais viver aqui.

Percorro os cômodos e todos os móveis parecem ter se deteriorado em poucos meses. As paredes descascam e me parece que Ana retira grandes placas da pintura com as mãos. Digo isso porque, quando ela está dormindo, vejo o branco da tinta por baixo de suas unhas. Nas últimas semanas vi frases aleatórias, quase sempre versículos bíblicos, escritas nas paredes. Além de tudo que já observei, sinto um permanente cheiro de frango congelado, que não consigo descobrir de onde vem.

Por mais que eu tente compreender a deterioração de sua saúde mental — causada pelas mudanças ocorridas este ano —, e que tudo o que vivemos nada mais é que o reflexo dessa desorganização, me intriga constatar que a casa parece ter sido dominada por essa perturbação, como se não fosse apenas ferro, concreto e vidro, mas também de alguma forma se movimentasse pelos humores de minha esposa — e, por consequência, pelos meus também. Todo conforto e funcionalidade, todo o sonho alimentado ao longo dos anos, e que por fim ganharam vida e forma, despareceram de maneira espantosa.

Sua última alucinação foi que havia encontrado a antiga proprietária à nossa porta, grávida. A mulher, quase idosa, não poderia estar esperando um filho, é óbvio. Ana, em sua aflição, também me disse que desconfiou até que a mulher lhe perguntara se não conhecia Sara, mulher de Abraão, a quem mesmo idosa foi concedida a graça de ser mãe. Ana, por tudo que se abatera sobre ela nos últimos meses, não precisava de muito para aquiescer. Jurava coisas absurdas, como, por exemplo, que essa mesma mulher nos preparou um jantar e mudou os móveis de lugar. Uma pessoa de quem eu nem sequer recordo o rosto. Ana pôs-se a ler a Bíblia e desde então recita pequenos trechos, escreve versículos nas paredes e também na pele dos braços e das pernas.

Mas a decisão final de deixar a casa — e vendê-la antes que desmoronasse — veio certo dia em que, ao voltar, encontrei a cozinha ardendo em chamas. Parecia que havia ocorrido um pequeno acidente doméstico, a cortina da janela talvez tivesse voado com o vento e alcançado a chama do queimador do fogão. Mas Ana, um pouco mais tarde, me disse que não havia feito nada para apagar o fogo. Quando lhe perguntei por quê, ela me disse que não poderia fazer Deus desaparecer, portanto fez tudo para guardá-lo antes que se extinguisse.

Eu precisava salvar o fogo, aquele fogo, ela me disse. Quando eu conseguir salvá-lo, nós deixaremos a casa, não quero mais viver aqui.

Ao tentar salvá-lo, ela se entregou às chamas, sem sentir as feridas que se abriam ao mesmo tempo em seu corpo.

Som-de-Pé sabia que tinha sido ferido de morte. Ele morria com as árvores, com os frutos, com os animais que exalavam o cheiro queimado do que não era mais vida. Sabia também das cinzas que recobriam a terra, recobriam seu próprio corpo que era a própria terra, e nela a vida pulsava irrefreável porque o que está vivo se opõe ao fim até o último átimo.

Som-de-Pé se afasta para ter tempo de pensar numa saída, antes que o fogo o devore por inteiro, porque em partes já o fizera: era assim que se sentia ao ver a cutia, o tracajá e a sucuri sem vida por onde pisava.

Se o fogo agora evoca a proximidade da morte, Som-de-Pé recorda que nem sempre foi assim. Apesar de se afastar para pensar, não tem medo do que está por vir. Sabe que tudo se transforma. Sabe também que para ser o guerreiro de seu destino precisa aprender a domar o fogo.

Segue pelos igarapés, volteia pelas veredas. Sobe no pé de angelim. Vê a grande cortina de fogo que se aproxima. Desce e se alimenta da pesca. Som-de-Pé domina um pouco do fogo que devasta tudo para preparar seu alimento. Sabe que mais dia, menos dia, irá chover. O fogo será domado pela chuva. Se não chover, sabe que o céu irá desabar, e sabe também que outro mundo surgirá sobre ele.

É quando Som-de-Pé para de andar e planta seus pés nas águas do igarapé. Ali vê seu rosto aprisionado no espelho d'água. Um homem pequeno que de si pode apenas dizer que ouve seus passos atravessando a imensidão do mundo, esta é a origem de seu nome. Sabe também que a imensidão do mundo, como a água do igarapé, irá desembocar viva dentro dele.

Alma

Caminhei por muitas luas cheias, sob o sol de fogo, minhas mãos estavam sujas, minhas vestes rasgadas, destruídas, meu cabelo embolado como um novelo, sem um fio que fosse um caminho para desatar, meus seios amarrados com uma teia de palha de buriti, a pele cortada em todos os cantos, com cascões negros de sangue seco, os pés com os ossos rachados e com terríveis feridas; eu manejava as ervas que encontrava no meio da mata e fazia unguentos com as poças d'água, com a lama de qualquer resquício de frescor, com ervas vivas e verdes como minha avó me ensinou, fazia tantas coisas, passava minha saliva também para curar minhas dores, sentia fome de fome, comia os frutos que encontrava no caminho, frutos que eu nunca havia visto, e que travavam na minha boca com gostos amargos e de morte, mas muitos eram doces e me fortificavam, e se os pássaros e morcegos os tivessem mordido, eu comia sem medo; se não, babava temendo o veneno, eu ainda pagava meus pesos carregando o medo dos venenos, da morte terrível de venenos, mas a fome doía, a fome corroía meu estômago, como a água que lava a pedra, e eu, uma mulher que caminha, e por um tempo só caminho, sou uma mulher que caminha sempre em frente e não volta para o que deixou lá longe, agora muito atrás de mim, caminho assim, esperando encontrar o acalanto de um lugar onde exista a liberdade, eu, uma mulher que nasceu acorrentada aos desejos dos meus senhores, eu que não tinha nome porque não era nada, que um dia toquei o coração da minha senhora e ela disse que eu tinha uma alma, eu, uma mulher diferente das outras que serviam àqueles senhores, uma alma, que caminho sempre para a frente, e deixei o mar e a água, deixei plantações de cana e casa branca, deixei o moinho d'água, os carros de boi, eu, uma mulher que pariu com dor esse filho que tiraram dos meus braços, que pari outros tantos e todos os outros foram tirados de mim enquanto os amamentava e eles cresciam, eu, uma mulher, uma alma, que lutava todas as horas, e da primeira vez que me levaram um filho urrei de tristeza, como uma cadela, meus filhos arrancados como uma ninhada de cães, um a um foram retirando de mim, um a um foram sendo retirados, eu que agora caminho para a frente, lembro-me de todas essas coisas que doem mais que as feridas abertas dos meus pés e do couro do meu cabelo, eu, essa mulher que anda pela mata como se fosse bicho, a quem um dia disseram que tinha uma alma, e por isso me chamaram de Alma, "e toda alma reside num corpo", rezava minha senhora, e eu, se era uma alma, era posse daqueles senhores, minha morada era o fundo da sua casa branca, era meu corpo, foi dali que saí, andei para a frente, com as roupas da minha senhora, com o vestido longo da minha senhora, que batia na minha face quando eu não engomava com capricho aqueles mesmos vestidos, e naquele dia que a alma deixou o corpo, eu escolhi o vestido bonito que meus olhos desejavam, eu, uma mulher, que me olhava no espelho enquanto polia as pratas, eu me olhava no espelho e via o fundo dos meus olhos, e no fundo do fundo dos meus olhos a vontade de ser livre, a vontade de ser eu também uma senhora, a vontade de que me servissem, que me abanassem, eu, uma mulher indigna, carreguei para dentro de mim o sofrimento que infligiam à minha pele, nos atos, nas crianças brancas de quem cuidei, aquela senhora, aquela mulher, e as irmãs do meu senhor, elas reclamando do meu chá, reclamando da minha comida, rindo sorrateiras, eu como um bicho acuado, meus olhos tão logo ficavam vermelhos, porque elas me lançavam a todo momento desfeitas, eu sofria, eu, uma mulher, que olhava os pássaros antes que as senhoras se levantassem, escutava com muita atenção seus cantos quando o sol se erguia no céu, eu que queria o céu, que desejei muitas vezes não viver, que duvidei ter uma alma como minha senhora branca, carreguei nas minhas costas o peso das minhas correntes, carreguei o peso do que passou, carreguei o medo e a mágoa, eu, Alma, vou carregando as coisas que vou encontrando, carrego uma sacola velha de palha que trancei, andando com a única roupa que depois de muitas luas é só um trapo, vou andando para a frente para encontrar um lugar, mas eu deveria ter voltado, deveria ter mergulhado no mar, se tenho uma alma, chegaria a alguma terra, chegaria ao lugar dos meus avós, onde eles tinham sido senhores antes que os outros homens das aldeias que guerreavam tivessem tomado minha avó como prisioneira, ela que sobreviveu à viagem de morte, atravessando o mar, pedindo aos seus ancestrais que não a deixassem descer ao mar como comida de peixes, minha avó me contou tudo, um dia, dois dias, muitos dias ela foi contando, quando ficava quieta num canto fumando a palha, ela contava porque tinha de contar, ela punha para fora porque seu peito estava abafado dessas coisas, ela se sentia um bicho nesse lugar, e se não virou comida de bicho no mar, todos os dias aquela gente por tudo tirava pedaços da sua carne, pois carne era tudo que ela era para eles, ela não tinha alma, eu escutava e sofria, queria trançar seu cabelo que mal crescia, mas tocando seu cabelo eu diria a ela que a entendia, agora eu ando com esse vestido que é um trapo, vai se tornando uns fiapos, como se fosse nada, mal cobrindo meus seios, mal cobrindo meu sexo, vou andando com minha carne magra, que come caça, que come frutas mordidas por morcegos e pássaros, que pega escondido o milho das roças que vou encontrando pelo caminho, sempre sorrateira, para que não me peguem como eu pego o milho e me façam deles, como faço do milho meu, eu que não quero ser mais de ninguém, vou andando, vou comendo, vou tirando o que posso do meu caminho, só não consigo tirar as coisas de dentro de mim, cada filho que me levaram, cada tapa e surra que tomei do capitão, não consigo tirar de mim a morte de Inácio no barco com que os senhores foram embora do engenho que perderam, não consigo tirar de mim os restos que eu comia, isso não consigo, nem o sofrimento da minha avó atravessando o mar, de navio, de onde jogavam os mortos na viagem como se nada fossem, sem interferência dos deuses a que rogavam, da justiça que clamavam na sua língua, a fome e a peste grassavam no navio, minha avó tão forte resistiu diminuída, e da minha mãe eu não sei porque me tiraram dela como tiraram meus filhos de mim, eu fiquei com minha avó, e do meu pai eu não sei, meu pai pode ser qualquer um dos homens que cortavam o canavial e tinham as costas marcadas pelo chicote do capitão, meus pais tinham as costas marcadas e o sangue descia dos seus corpos para encontrar o chão, e eu, uma mulher, fui crescendo assim, nunca pude apagar de mim o sofrimento que não vivi, o sofrimento da minha avó, da minha mãe que me deu leite e que não sei se vive, eu, nunca me esqueci, agora caminho para encontrar o que não sei, para longe da casa dos senhores, para longe deles, para longe dos meus filhos que não sei se vivem, para longe do mar que trouxe minha avó para cá, e pode ter sido de lá do mar que veio meu avô que nunca conheci, eu, Alma, tenho uma história do outro lado do mar mesmo sem nunca ter ido para lá, minha avó me contou das roças de inhame, das festas para o deus da justiça, das roupas bonitas, das guerras dos povos e das famílias, minha avó me contou, ela falava outra língua que não essa, não aprendi muito a língua dela porque trabalhava de manhãzinha até a noitinha, mesmo quando era menina, eu lavava as roupas da minha senhora no rio e nas tinas, lavava com muito cuidado e tinha que engomar também, muitas vezes ela vinha me mostrar meu desleixo, muitas vezes desdenhava do meu nome, Alma, muitas vezes ela fez de mim um bicho, muitas vezes trataram melhor os cavalos do que a mim e a todos, muitas vezes meus olhos ficaram vermelhos, e eu os via no espelho d'água, mas eu ouvia minha avó e cada coisa que ela dizia, mesmo o que eu não sabia ia ouvindo, e quando podia, perguntava, porque nem sempre ela queria responder, ela queria mais era falar, pôr as coisas que doíam para fora, muitas vezes ela falou e eu só escutei, parei porque vi uma serra e ali não tem cerca e não tem gente, parei porque meus pés estavam rachados e doíam tanto que tive de parar.

Caminhei por muitas luas e não pensei que o mundo não tivesse fim, porque ando, continuo a andar, a terra não acaba, a água é escassa, mas encontro água, vejo pássaros, são outros pássaros, mas vejo e continuo a andar e por onde eu ando há cercas, há terra, mas toda terra parece estar cercada, toda terra agora tem homens armados, guardando cada um seu pedaço, muitos pedaços grandes que a vista não alcança, continuo andando à procura de um canto onde possa ficar, repousar, porque já não posso mais voltar, deixei a beira do mar, não volto mais, porque minhas mãos guardam o preço da minha liberdade, eles me procuram, continuo a andar porque temo que me encontrem e façam de mim pedaços, eu, uma alma, despedaçada porque não posso voltar, água, tanta água eu via por onde passava no começo, tanto verde, tanto verde e tanta árvore, tanto mato, tanto sereno e tanta chuva, tudo rareando, tudo escasseando, tudo vi diminuir, ficar pouquinho, tudo foi ficando diferente, os rios foram diminuindo até virarem fios de água, o leito foi virando terra, eu caminhei para a frente, caminhei para onde o sol me guiava, não sabia para onde ir, sei que precisava ir para longe, muito longe, até onde os pés feridos pudessem chegar, fui caminhando, as árvores foram secando, elas tinham poucas folhas, o verde foi se tornando branco, cinza, verde pálido, marrom-claro, os animais eram mais vistos, estavam por trás da mata seca, dos espinhos, eu ia ferindo meus braços, com medo dos meus olhos, ia ferindo meus pés que antes estavam calçados com o sapato da senhora, ia fechando os olhos com medo de feri-los, eram espinhos grandes, ninguém podia me dizer qual era o nome de cada planta nova, de cada árvore nova e bicho novo que eu ia encontrando, porque eu temia que me levassem de volta, meu corpo doía, porém doía mais pensar que me devolveriam à minha vida antiga, andar era a liberdade, era o medo, era a aflição, andar era assim uma coisa nova, porque eu andava sozinha e sempre, o sol me guiava para o outro lado, eu tinha de seguir para não me perder, à noite eu não podia andar, estava rota, minha roupa estava rota, eu me deitava num punhado de folhas e em qualquer coisa que amaciasse a terra seca e dormia um sono acordado, quebrado, temia a onça que estava à espreita, em qualquer lugar há onças e eu temia, raposa não, raposa é bicho medroso, come ovo de galinha, come galinha também, mas eu temia a onça, dormia assim de pouquinho e não havia espelho que me fizesse ver quantas luas se passaram, eu não sou de contar, então não sei por quantas luas caminhei, deitava com a fome na barriga, nunca o que comia bastava para a fome que eu tinha, nunca, tanta fome de toda a caminhada, eu continuava a andar, a me esconder dos vaqueiros, das reses, das carroças que passavam pela estrada, nunca andava na estrada, andava pela beirada dos matos, cortando minha pele nos espinhos que pareciam navalhas, no mato que crescia cortando minha pele, eu andava, encontrava coisas estranhas, uma vez de muita fome comi cupins de uma árvore oca, como um tamanduá, uma árvore podre e toda comida por dentro, eu fui entrando no oco com minha mão ferida, com um pedaço de galho nas mãos, aguardava quieta ouvindo minha própria respiração, depois tirava aquele galho seco cheio de cupins, matava os que conseguia antes de enfiá-los na boca, porque a fome era grande, eu bebia água empoçada em qualquer chão, porque às vezes os rios estavam secos, ou iam para muito longe de onde o sol me levava, e quando havia qualquer chuva, mesmo que fosse pouquinha, eu saía do mato para a estrada e não temia que me encontrassem, ficava de boca aberta, os pingos muito ou pouco escorrendo na minha boca, lavando minhas feridas, essa vida era assim, mas a de antes era muito pior, eu não tinha medo da outra vida, tudo que eu tinha e era meu me tiraram, meus filhos, meu leite para amamentar as crianças brancas dos senhores, minha avó, minha mãe que eu não conheci, tudo que eu tinha me tiraram, o Inácio, me tiraram o Inácio também, da forma mais triste, é das poucas coisas que sei que nunca vou esquecer, eu me lembro dessa vida de antes e cada espinho que agora entra na minha pele é muito pequeno perto da dor de antes, cada corte no pé que foi ficando descalço é nada perto da dor de antes, perto dos risos dos senhores, perto dos maus-tratos da senhora, é muito pouco, então vou seguindo o sol e vendo aonde ele chega, porque agora não tenho mais nada, tenho apenas o sol para me levantar, vou seguindo, a roupa que tirei do baú da senhora escolhi com muito zelo, escolhi como pagamento por todos os anos que servi aos meus senhores, vesti sem nenhum remorso de estar vestindo um vestido da senhora, me banhei na tina em que a senhora se banhava, passei a colônia da senhora, trancei meu cabelo, amarrei um laço na ponta, tranquei a porta e fiquei com a chave, então caminhei, a roupa foi se desfazendo, porque eram muitas luas, mas o vestido bonito se gastou no meu corpo, o vestido que ela mais gostava se gastou no meu corpo, meu, Alma saiu da casa como uma senhora e caminhou primeiro entre os fidalgos, caminhou, e os fidalgos olhavam para Alma, bem-vestida, como uma dama de companhia, eu que lavava as louças e os penicos da casa, que amamentei com meu leite os filhos dos meus senhores, eu que às vezes era chamada para cozinhar, preparar comida, éramos muitas mulheres que serviam no princípio, quando estávamos no engenho, até que eles perderam o engenho, vieram morar num sobrado na cidade, aí poucos ficaram porque eles foram vendendo todos, teve a Luzia que comprou sua liberdade, eu queria ter a carta de liberdade como a Luzia, ela a comprou dos próprios donos com mil-réis que um fidalgo da irmandade pagou, e ele mesmo levou Luzia, porque se ela chegasse em casa com aqueles mil-réis os senhores com escárnio matariam Luzia dizendo que tinha roubado deles, nenhum fidalgo da irmandade comprou minha liberdade, então tive de lutar, inventar, enganar, tive muito que sonhar, até que um dia falei para mim mesma que da próxima lua não passava, lembrei das histórias de guerra que minha avó contava, sonhei com o dia em que voltaria para onde nunca fui, mas era o lugar que não saía do meu pensamento, eu tomaria o primeiro navio e voltaria para o outro lado, o lado em que o sol nasce, de onde minha avó veio, voltaria para lá e colocaria minha própria roça de inhame, teria outros filhos, teria marido, minha avó me disse que na aldeia dela os homens tinham muitas mulheres, eu não me importaria, pagaria o dote e teria um marido, teria filhos, amamentaria todos, brigaria com as outras mulheres dele, mas tudo era um sonho, eu não segui para o porto porque não tinha nem conto nem mil-réis, e tinha medo de que me prendessem, então fui para o lado do sol, andei porque talvez do lado do sol houvesse outra terra, houvesse um lugar onde eu pudesse ficar, onde pudesse plantar e colher, onde trabalhasse melhor que muitos homens juntos, onde crescesse uma roça de inhame como as roças que minha avó dizia ter na sua terra, tão longe, cada vez eu seguia para mais longe da terra, então fui seguindo, encontrando bichos, feridas, fome, seca, fui encontrando o sol que parecia não ter pena de mim, porque me ardia, eu ia ficando mais preta, o sol me deixava mais preta, mas nem sentia, só queria chegar a algum lugar, fui andando, encontrando o perigo, aprendendo a me esconder como as raposas, como os tatus, como os caititus que eu temia que me partissem ao meio, as serpentes infestando o chão por onde eu passava, fui aprendendo com eles a me esgueirar pela mata, pelos montes, fui então aprendendo a ser bicho selvagem para viver.

Peguei um milho que nasceu mirrado, um milho pequeno, peguei outro, outro, peguei vários e enfiei nos trapos das vestes que me cobriam, eu faria um fogo, faria fogo com pedra e lenha, queimaria para assar os milhos espetados em gravetos, aqueles milhos que tinham sido plantados por alguém, era uma roça muito pequena, havia uma casinha de barro ao fundo, com as janelas fechadas, era como um lugar abandonado, como o sobrado que tranquei e depois enterrei a chave, o sobrado branco onde era cativa dos meus senhores, que agora era um lugar mal-assombrado, aquela casa que apareceu no meu caminho era só mais uma casa, havia uma roça de milho que crescia lenta, então minha fome de comida me levou para o milharal, entrei e estendi minhas mãos para os milhos, fiquei um tempo quieta, peguei os milhos, voraz e rápida, porque talvez aquele lugar não estivesse abandonado, e quando eu estava partindo um homem gritou para mim ao longe, um homem de quem eu não via o rosto, só ouvia a voz, um homem que queria se fazer presente, queria que eu deixasse seus milhos crescerem quietos, que com minha fome não levasse seu trabalho, seus parcos milhos, eu fiquei um pouco fria, armei minha alma para devorá-lo se ele viesse me ferir, eu era uma selvagem passadas tantas luas, com a pele negra coberta de um barro marrom,

que colava na pele com meu suor e me deixava com uma cor
de árvore, eu andando assim no meio da mata, com o vestido
da minha senhora que tinha a mesma cor que meu corpo agora,
e todas as cores bonitas que ele um dia teve já não existiam,
então aquele homem se mostrou, ele carregava uma arma, carregava uma enxada, carregava uma caça no ombro, que eu não
sabia dizer qual era, aquele homem forte e velho estava à minha espreita, ele olhou os milhos que eu carregava na roupa,
olhou meu rosto como um tronco de árvore derrubada, olhou
meu cabelo que era como uma capoeira velha, o homem parou
e não me fez mal, baixou a arma, deitou a caça no chão e se
aproximou de mim, olhou os milhos que eu tinha nas vestes e
perguntou de onde eu vinha, não sei, para onde eu ia, não sei,
se eu tinha alguém no mundo, não sei, ele viu que meu corpo
alquebrava de cansaço, ele chegou mais perto e disse que eu
podia descansar e tomar meu rumo no outro dia, o sol já se in-
clinava no céu e logo desceria no horizonte, disse que ia pôr
água na tina, me deu a casca de uma árvore que tinha colhido,
que ensaboava a água, ele, um homem muito pobre, me estendeu a mão, ele que agora limpava sua caça no jirau, eu afastada
numa tina de água que estava muito encardida, era uma água
de lodo e lama, eu estava muito cansada, mas com muito rego-
zijo, limpava meu corpo ferido como uma coisa preciosa, limpava meus braços, minha cabeça, meu cabelo muito emara-
nhado e cheio de nós, e aquele homem longe, respeitoso e
longe, um homem velho como o pai que não conheci, limpando
pando sua caça, queimando lenha, eu me lavei como uma joia,
eu, muito preciosa, tirando a lama e o fardo da faina, da caminhada, digo de forma verdadeira que quando tiver terra não
pegarei mais o milho de ninguém, que quando tiver terra plantarei algodão para tecer minhas roupas, plantarei feijão, arroz
e mandioca, farei farinha com um tacho queimando na lenha,
quando tiver terra trabalharei de sol a sol, terei filhos que

trabalharão comigo, terei os filhos dos meus filhos, a água vai ficando suja e aquele homem volta de longe, de dentro da sua casa pequena, ele vem com vestes limpas nas mãos, vem com um vestido velho e guardado, um calçado de couro costurado, põe perto de mim, eu vou me secando com o pano que ele também trouxe, me vêm muitas lembranças, vem a lembrança de Inácio, vem a lembrança do engenho que o senhor perdeu para outro senhor, vem Inácio na minha lembrança, um homem muito digno como aquele homem velho e solitário, Inácio que me fazia companhia nas madrugadas frias da senzala, direito e paciente, ele que me alcançava quando ia buscar tina de água no rio, me espiava quando eu estava só, protegia a mim como podia, das coisas que eu não sabia fazer, protegia como um irmão mais velho, um irmão que deitava comigo na cama de capim, no chão úmido da mata, com muito respeito me fez filho, como senti sua falta, como essa lembrança não se apaga, naquele banho e naquele sol que logo fugia para o horizonte, o rio caudaloso vem à minha cabeça, essas coisas boas, essas coisas tristes, nada sai da minha cabeça, vou lembrando as coisas, de cada filho que me levaram, aquele homem era como Inácio velho, Inácio que nunca será velho, ele podia se deitar aqui na tina, para ver se a imagem desse homem bom que se foi cedo vai embora, esse homem que pereceu na crueldade dos meus senhores, cheios de rancores quando jogavam pragas ao vento por toda a riqueza que perderam, pelo engenho, pelos criados que não poderiam levar na embarcação, pelos escravos que tinham perdido como coisas junto com o engenho, eles, o senhor e a senhora, nos fizeram trabalhar muito nos dias que antecederam nossa partida para a capital, eles nos fizeram arrumar tudo que podiam, eles levavam quadros, levavam coisas valiosas, nos fizeram tirar e embalar um pesado lustre da sala de jantar, tudo seria levado na embarcação que os retirava do engenho para os saraus da elite, uma vez por ano, para o sobrado da cidade, eles com seus muitos filhos, muitos eu amamentei, outros Luzia amamentou, muitos dias se antecederam à preparação da partida, se eu soubesse que aquela travessia seria carregada de dor e inclemência eu teria rogado para ficar com os novos senhores, ou então teria mergulhado no rio carregando pedras, porque os deuses me farão cumprir minha sentença, porque há coisas que não se pode viver, nenhum filho chorou quando foi retirado dos meus braços, e mesmo vendo eles quietinhos irem embora, eu chorei por muitos e muitos dias, quando meu leite, passados dois anos, ainda jorrava dos meus seios, mas ver Inácio engolir água por muitas horas até chegar à cidade foi pior que ver meus filhos partirem quietos, porque com o homem se deu o mal, ele viveu por muito tempo antes de a água lhe preencher o corpo, da água salgada da baía, da água de Kirimurê, aquela travessia de horas foi muito mais longa que essa travessia guiada pelo sol e que me levou para as securas desse sertão, me vem à cabeça o senhor pedindo que Inácio preparasse o barco com muitos dias de antecedência, nesses dias a terra tremia diante da inclemência dos meus senhores, pois por qualquer coisa castigavam os criados, qualquer coisa os fazia ferir seus escravos, eu não conseguia dormir de medo, pedindo que tudo aquilo passasse logo, chegou o dia que eles começaram a comandar o embarque dos tesouros velhos que habitavam a casa, era tanta coisa que o barco empenou, um barco velho de madeira, que um dia foi bonito, novo, corria as águas da baía, mas agora estava velho e com muitos furos, carregado daquelas tralhas, daqueles baús com todos os vestidos da senhora, quando o barco deixou o atracadouro segurei o braço de Luzia, achei que iríamos virar na água lenta e afundaríamos, e o senhor queria punir a nós todos, se não fôssemos coisas suas, valiosas, para lhe servir, ele teria nos lançado todos ao mar, mas sua maldade ainda nos daria o pior, ele culpou Inácio pelo estado

do barco, o chamou de muitas coisas, a palavra negro sempre
vinha na frente, minha pele ardia, acho que a de Luzia também,
a água começou a entrar no barco, era uma quantidade consi-
derável, não chegaríamos à cidade, não atravessaríamos Kirimurê, como diziam os índios, de uma fenda entre uma madeira e outra passou a entrar mais água, o senhor, tirano,
maldisse Inácio, a senhora gritava, Luzia e eu segurávamos as
crianças, ela gritava, cruel, chamava o deus dela que nem sei
de que é feito, aquele deus que queriam nos fazer amar sem
que nem o tivéssemos visto, o senhor de um golpe deitou Inácio com o rosto para o fundo do barco, vi o sangue se diluindo
na água, fiz prece que ninguém pôde saber pedindo pela sua
vida, Luzia com os olhos arregalados também fez, olhava para
o horizonte tentando respeitar os senhores, pedindo no seu
pensamento que o cais chegasse logo até o barco, os homens
remavam em silêncio, eu nem queria olhar para o horizonte,
os homens remavam rápido, seus braços dormentes e rápidos,
para que a água não inundasse o barco, eu me importando com
a vida de Inácio, que tapava o buraco, pedindo pela sua vida, o
balanço da água não me permitia saber se ele respirava, até que
aquela viagem infinita, que existe ainda hoje no meu corpo,
aquela viagem se findou, os homens ajudaram a tirar os baús e
as tralhas que meus senhores carregaram do engenho e por último tiraram Inácio, mas já não pude ver, eu tinha que estar
com as crianças e com a senhora, Luzia e eu, juntas e em silêncio pensávamos naquele homem, desejando vida para
aquele homem bom que nos protegia, mas os homens levaram
Inácio para onde nunca saberemos, e eles o culparam pela sua
morte, os homens escravos, porque ele foi imprudente em não
olhar as condições do barco, não dormi por muitos dias, porque no meu corpo aquela viagem nunca acabou, eu, Alma,
penso todos os dias nessa viagem, aquele velho homem, que
plantou os milhos mirrados que tirei do seu campo, olhava

para mim estendendo um prato na porta da casa, era um prato cheio de coisas da terra, com batatas e milhos, com um pedaço da carne da sua caça, eu comi, voraz, ele olhou meu prato vazio, o tomou das minhas mãos e o trouxe mais cheio, as roupas que eu vesti eram da sua mulher que morreu muitas chuvas atrás, eram roupas com cheiro de guardado, roupas benditas que me livraram dos trapos que se tornaram o vestido da senhora, a tarde caía, a noite caía, um vento firme soprou e tocou minha pele fresca e limpa, eu mesma senti um perfume muito bom de corpo limpo, meus olhos e minhas feridas pareciam se fechar a cada vento, aquele homem sozinho sentava à mesa, comia com as mãos, e eu comia com minhas mãos fazendo bolos com tudo o que tinha, a noite trouxe muitas estrelas, os pássaros se deitaram com o alvoroço da lua, aquele homem quieto contou casos daquele lugar, mas eu sabia que deveria ir para longe, ele fez uma cama de pano perto da mesa, ele me olhou muito quieto do seu lugar como eu olhei para o milho quando sentia fome, ele me olhou mas não me tocou, deitou na sua cama e apagou o candeeiro, eu deitei, mas escutei a respiração desse homem cansado do quarto onde ele estava, na casinha de barro, fui para o seu lado e me deitei agradecida, deixei que ele levantasse minha roupa e senti uma bondade no meu peito, gratidão pela terra e pelo trabalho daquele homem sozinho, senti gratidão e me retirei, para que quando a luz da manhã chegasse, de forma tímida, eu pudesse estar de pé e partir agradecida, guiada pelo sol.

Foi assim que cheguei a um lugar, um lugar muito quieto, muito sereno, um lugar sem cercas, sem casas, um lugar com árvores secas, mas um lugar, com bichos andando soltos, com a serra ao seu redor, com um monte no seu centro, fui erguendo de mim mesma uma vontade, como se fosse uma montanha, ia erguendo de mim mesma, ia serenando coisas boas, meus pés estavam dormentes, minha pele tinha muitas feridas, meu cabelo carregava o barro do mundo por onde passei, mas erguia em mim uma vontade muito bonita, era como se atravessar as muitas léguas do mar até aqui fosse minha prece de coragem, chegar até aqui sem palavras era minha prece de liberdade, eu deitei na terra, fatigada de tudo, deitei na terra de que se evolava o calor, mas também emanava o frescor d'água, foi assim que deitei e fiquei por muito tempo deitada, num terreno aberto como um campo, cercado de árvores vivas, com folhas pequenas, miúdas, com cactos grandes e verdes, com espinhos longos como navalhas, meus olhos reverenciaram o sol e se fecharam silenciosos para ele, eu, Alma, encontrava a terra, um lugar sem cercas, a terra, nessa hora deitei no chão, eu me encolhi aberta entre o mato e o barro, fiquei deitada, o céu era muito azul, tinha nuvens esparsas, brancas, esgarçadas num céu que me traria chuva, eu estava ali e por um tempo seria só, mas não seria só para sempre, haveria vaqueiros, viajantes, homens que buscavam suas liberdades, mulheres que, como eu, deixariam as casas dos seus senhores, na minha idade que avançava eu teria filhos, povoaria a terra, sonharia para sempre com o outro lado do mar, mas plantaria milho, plantaria mandioca, feijão, abóbora, plantaria inhame, deixaria o rio da terra abraçar minha plantação com suas águas, pediria aos deuses que me guiassem, pediria licença cada vez que entrasse, não deixaria para trás as lutas que travei no meu espírito contra meus senhores, as dores que carreguei longamente pela minha vida, os filhos que se foram, Inácio debaixo d'água, carregaria tudo porque é tudo o que tenho, tudo que me trouxe até aqui, a este lugar, carregaria as feridas da minha caminhada, carregaria as luas que não pude contar, os dias que passei na estrada, sem cavalo, sem jumento para me carregar, andando eu mesma, viva, com minhas pernas que fraquejavam, andando eu mesma por vales e montanhas, com a fome companheira de todas as horas, a fome que me acompanhou por toda a vida, queriam que a entendesse na casa-grande como dádiva dos meus senhores, queriam que a visse como dádiva do deus branco, o regalo do prato que me estendiam com os restos, que agradecesse ao deus deles, era uma fome muito grande, do corpo e da alma, de tudo que me tiraram, de tudo que não permitiram que eu tivesse, eu ali, deitada, amada por tudo que me cercava, amada, abençoada por todos os ancestrais, que sofreram atravessando o mar em navios, que morreram antes de chegar e foram atirados ao fundo d'água, comidos pelos bichos das águas, que ergueram roças de inhames na outra terra, a todos os guerreiros que guerrearam, a todas as conquistas que tiveram, a todas as derrotas que tiveram, os ancestrais estavam ali comigo, e deitaram comigo naquele chão, e sonharam com o amanhã, eu adormeci assim, dormi por três luas escuras, três dias de sol também, não tinha forças para me levantar, dormi como se estivesse morta, sem comer, sem beber, mas quando acordei tinha tanta força que parecia ter sido parida pela terra para viver naquele instante, corri ao redor procurando água, havia um minadouro de água, onde bebi, um minadouro que quase sequei, encontrei palhas de buriti e subi no buritizeiro para tirar suas palhas com o facão velho da beira da estrada, tirei vara de pau para erguer uma palhoça, era uma sombra para ser minha morada, com muito engenho eu fui fazendo, percorri muitas léguas indo e voltando, caçando instrumentos para meu trabalho, catava as sementes das roças distantes, fui crescendo e logo apareceu um vaqueiro levando uma boiada, precisava de água e de comida, eu, Alma, dei água e comida, dei a cama para que ele deitasse no seu cansaço, ele levantou minhas roupas cansadas, ele me deu coisas que eu desejava e partiu, com seu trabalho, e nunca mais voltou, e eu que já estava ficando velha, que já tinha cabelos brancos que tirava com minhas mãos, percebi que meu ventre crescia, avançada em anos, esperava um filho como uma mãe velha, esperava um filho como sonhei deitada nesta terra em que agora piso e que semeio, esse filho nenhum senhor iria tirar dos meus braços, esse filho seria amamentando como as crias dos selvagens, cresceria forte ao meu lado, eu teria outros filhos porque os homens continuavam a passar com suas reses, continuariam procurando conforto na minha solidão, continuariam aliviando suas dores no meu catre, continuariam comendo da comida que eu cozinhava com as coisas que plantava, e um desses homens que me deu filho um dia voltou, sem gado nem alento, ficou na minha palhoça, cuidou dos meus meninos, não me bateu como os homens batiam nas mulheres, não me disse amor, mas trabalhou muito forte comigo, erguendo coisas que seu corpo permitiu que erguesse, ele me deu outros filhos, botou roças grandes de milho, colheu a esperança quando chovia e a morte quando havia seca, cavou o chão dessa terra e se embrenhou nos matos para trazer estacas, amassou o barro com a água da fonte que eu trazia na tina de água na minha cabeça, e levantamos a casa que seria nossa morada, e que refizemos muitas vezes ao longo da nossa vida, quando a chuva e o vento vinham sem piedade, levantamos as paredes, cobrimos com as palhas de buriti que trocávamos a cada verão, muitos filhos nasceram, outros irmãos de longe foram chegando e tiveram terra para roça e barro para construir suas casas, vieram de longe, tiveram filhos, chamamos aquele lugar de várias coisas, fizemos muitas roças, o povo trabalhava cada rancho, cada pedaço de chão, levantavam todos os dias, criaram animais, não havia dia de descanso, quando descansavam da roça levavam água para os bichos, quando matavam a sede dos bichos voltavam para suas roças, porque a terra sem trabalho era nada.

Um dia, depois que Luzia se foi, decidi ir embora, mas eu não tinha os mil-réis para comprar minha liberdade como a irmandade fez com Luzia, eu queria ir embora, a vida no sobrado era uma tormenta, meu coração vivia cheio de aflição, eu, Alma, suplicava pela bondade dos meus senhores em vão, naquele sobrado não cabiam as coisas que eles trouxeram do engenho, eu tinha que polir cada prata, cada cristal, todos os dias, tinha que lavar o chão, esvaziar os penicos, as escarradeiras, lavar suas vestes, estender suas vestes ao sol, engomar suas vestes, ferrar suas vestes com o ferro e o braseiro, eu, muito desatenta e cansada, queimava as mãos, queimava as vestes, punha sabão demais na tina de lavar, eram muitas saias que a senhora usava, muitos filhos que a senhora tinha, os filhos choravam, eles perderam seus criados porque precisavam vender o que tinham para viver, a vida era muito difícil para eles, diferente do engenho, mais difícil ainda para nós, depois só para mim, que quase não dormia, eu olhava com muito rancor para a face da minha senhora, pensava alucinada em castigá-la mais do que a vida lhe castigava, mas me encolhia em mim mesma, clamando por Ṣàngó, o deus da justiça, que me trouxesse a coragem de que precisava para seguir em frente, que o sofrimento se lavasse no sangue da justiça, e pedia aos deuses dos meus antepassados que me ajudassem a fazer a travessia, pedia na língua que não sabia a clemência dos deuses de Oyó, na beira do fogão fumegando de lenhas clamava enxugando meu suor, meu leite precioso que alimentou os filhos brancos da minha senhora, eu que perdi meus filhos levados para longe, amava aqueles filhos brancos tão pequenos da minha senhora, se pudesse pegava todos eles para mim, um dia eu muito quieta entrei no quarto do menino, carreguei aquele menino que chorava e estava suando porque fazia calor, um mormaço, as nuvens escuras cobriam o céu sem fazer chuva na terra, então fazia um calor de cozinha no mundo, eu com aquele menino nos braços, que tinha uma alma como eu, e minha senhora mandou buscar o menino no quarto porque ele chorava, eu com meus ombros descobertos, com a roupa gasta da minha faina, fui buscar o menino, os outros meninos continuavam ao redor da mesa onde a senhora lhes ensinava, muitos já eram crescidos, logo iriam estudar nos colégios de padres, eu deitei aquele menino que chorava no meu colo, deixei sua pele branca na minha pele preta, porque seu choro queria o calor de um corpo, meu corpo tinha calor, ele sentiu meu cheiro conhecido, sentiu o cheiro do peito que o amamentou, aquela pele branca deitou na minha pele preta, a senhora quando viu gritou com muito desespero, tomou dos meus braços o menino, que não chorava mais e começou a chorar de novo, ela me falou alguma coisa muito feia, eu com meu ar sem graça, meus olhos apenas olharam para o chão, ela me disse que cobrisse meus ombros com xale, com a manta de cobrir, que o menino podia ter as doenças da minha pele, ela tinha medo de que ele ficasse preto, meu leite jorrou por muito tempo, meus filhos foram arrancados de mim, foram levados, ela tinha filhos fortes que cresceram com meu leite e de outra ama, ela não gostava da minha pele preta, e minha avó disse que do outro lado do mar, na sua aldeia, não havia brancos, e eu não queria ser branca e perversa como minha senhora, que não salvou Inácio da maldade do senhor, essa senhora muito branca com pó de arroz no rosto para ficar mais branca, essa senhora tinha muitos deuses no seu oratório, tinha muitas cruzes espalhadas pela casa, tinha cruz no peito, tinha contas e cruzes nos punhos, adorava um deus branco como os que arrancaram minha avó da roça de inhame, do outro lado do mar, um deus branco que veio jogando corpos pretos pelo mar, um deus branco que não achava que também tínhamos alma, não nos contava como almas, éramos coisas, ele nos castigava com chibatas e o sangue descia como riachos das nossas costas, esse deus branco deles não fazia justiça, talvez não gostasse do nosso povo, então eu só podia pedir ao deus dos meus antepassados, a *Ṣàngó*, que louvávamos nas matas longe da casa-grande, só podíamos pedir a Ele que guerreasse com o deus dos nossos senhores, a ruína foi acontecendo porque eles perderam o engenho, perderam muitos escravos, na casa deles não havia mais prosperidade, sabíamos que nosso deus guerreava com o deus deles, mas nada bastava porque ainda assim eles afogaram Inácio, que serviu com dignidade àqueles senhores, por puro rancor eles afogaram Inácio, queriam castigar alguém pela ruína que enfrentavam, pelo engenho que perderam, por atravessar o mar de Kirimurê para chegar à cidade num barco entulhado de tralhas, castigaram Inácio, castigaram Luzia, que estava velha e queria sua alforria, só deram a liberdade a Luzia porque os olhos cresceram para os mil-réis que a irmandade trouxe, cresceram porque era tudo que queriam, mas nada bastava nas mãos dos senhores, eu queria partir como Luzia partiu, Luzia estava tão cansada e abatida que nem olhou para mim quando partiu, nem disse adeus, talvez tenha se lembrado quando chegou ao seu destino, mas não me esqueci de Luzia e do quanto penamos juntas, fiquei velha depois que ela se foi, porque eu não dormia, estava em pé muito antes do sol para fazer a refeição dos meus senhores, ficava a postos na mesa servindo, eles sem força para levantar qualquer louça, eu cresci assim, servindo, sem letras, sem estudo como os homens brancos, sem posses como eles, eu era uma coisa deles, mas dentro de mim havia um bicho ruim querendo voar, havia um bicho ruim querendo andar sem fim, eu apagava as velas muito depois que eles tinham ido dormir, e mal vinha o sono já era tempo de levantar, foi assim, quase sem forças, quando levaram os meninos para estudar no colégio dos padres e os senhores apodreciam naquele sobrado triste, eu clamando aos deuses que trouxessem minha liberdade, porque havia um bicho em mim que eu não sabia para onde ia, mas sabia que queria ir, sabia que, se desse as costas e fosse embora, eles iriam me buscar, eu, Alma, não podia fugir e deixar meus senhores como onças soltas para

virem me caçar, muitas vezes vi como eles caçaram os homens
pretos que fugiram, voltavam para ser castigados com muita
dor, então eu fazia a refeição dos meus senhores, fazia sem
dormir direito, sonhando quase acordada, eu, cansada, mas
decidida a partir como Luzia se foi, então decidi servir com
muita justiça meus senhores, bati com muita força as louças
que eles tinham na cozinha, muitos tambores ressoaram na
minha cabeça, até que a senhora veio até mim para dizer que
eu era uma crioula insolente, com ameaças de castigos, eu der-
rubei o tacho, eu mesma limpei o chão, os tambores não para-
vam na minha cabeça, aquela casa era uma terra de guerra,
muitas vezes eles chamaram pelo inferno, eu, muito cansada,
busquei o veneno para rato no fundo do sobrado, despejei uma
quantidade maior do que colocava para os ratos e mexi com
muita loucura aquele tacho, muitos tambores tocavam, servi
meus senhores com suas caras brancas, eles começaram a comer, chamaram por mim, fiquei quieta na cozinha fingindo
que não escutava, eu os ouvi arrastarem a toalha de mesa com
as louças se espatifando no chão, eles davam gritos, ouvi que
batiam muito forte à nossa porta, meu corpo ficou mais frio
que o sereno naquela manhã quente, enfiei com muita força
um guardanapo na boca da senhora, depois um guardanapo na
boca do senhor, que estava com uma cor quase azul, então limpei as mãos na saia e fui para a porta da rua, com a certeza de
que os soldados iriam me levar embora, mas era o entregador
de leite, segurei o leite, dei os cobres que estavam no aparador
da sala e fechei a porta, passei por cima dos meus senhores
sem olhar para eles, encostei-me à mesa da cozinha e bebi os
dois litros de leite direto na garrafa, direto na minha boca, limpei a boca com as costas da mão, voltei para a sala para olhar se
ainda respiravam, todos os dois agora muito azuis com uma
espuma branca saindo pela boca, aqueles cacos de louça pelo
chão, a louça de que a senhora tanto gostava, recolhi muitas

coisas para o lixo da casa, deixei eles estirados do mesmo jeito que haviam caído, passei algum tempo na tina de água em que a senhora se banhava, usando a colônia, lavando meu cabelo, penteando com muito cuidado, não pensava neles, pensava no que encontraria, pensava na viagem, na minha caminhada, calmamente me fortalecia, vesti um vestido lindo e recatado da minha senhora, guardado no baú, com meu cabelo trançado na frente do espelho do quarto, eu, uma mulher que estava perto da meia-idade, calcei luvas nas mãos, nem sabia qual era a sensação de ter uma luva nas mãos, estava como uma dama de companhia, foi assim que eu deixei aquela casa, caminhando com os sapatos da minha senhora, passando por ruas cheias, por ruas vazias, entrando na mata, dormindo no sereno, contando as luas, esquecendo as luas, caminhando para onde o sol ia.

A oração do carrasco

Minha mão será leve como a pena. O nó de meu laço terá a força e a suavidade da terra. Meus olhos estarão atentos a todo o mistério da ausência. Minha respiração não será um sopro de aflição. A voz reverberará o silêncio do que não há para dizer. O manto negro cobrirá meu rosto e não será a última coisa a ser vista. Sobre o chão de madeira que ele pisar por último, não haverá sujeira. Seus pés deslizarão hesitantes. Ao tocar o chão, lembrará da casa de sua mãe muito limpa. Minhas mãos transmitirão a segurança ao encontrar seu rosto e seu pescoço. Não serão frias nem quentes. Minhas mãos terão o frescor do dia que não nasceu. Serão como o orvalho sereno a se formar na próxima hora. Minhas mãos de unhas negras de terra serão o toque do pai que ajuda a preparar o filho para a vida. O medo não se furtará de emanar delas. Nunca chegará como uma mensagem de desespero. Seu caminho até a morte não será tão longo que prolongue seu martírio nem tão breve que não lhe permita se aninhar em suas boas lembranças. Seus últimos pensamentos serão como uma sopa quente e uma toalha, para quem enfrentou uma tempestade; ou um copo de água e uma leve brisa, para quem desafiou a aridez do deserto. Meus olhos fundos e vacilantes não serão vistos porque deles emanariam o vazio e a desolação do que não pode ser mudado. Meu suor será a parca chuva encontrando a terra. Lembrará a semeadura dos que continuarão. Minha presença não inspirará o medo, o inevitável. Inspirará o caminhar decidido da vida que deve seguir sua trilha. Nossos passos até o cadafalso terão a sincronia da dança e a harmonia dos versos. Serão firmes e ao mesmo tempo leves. Se houver lágrimas, que limpem a alma, que lavem a terra, não serão derramadas em vão. Tocarão sua face com o frescor e o alívio por ter vivido. Meus pensamentos terão a gratidão de minha sina. Não posso fugir nem temer. Meus pensamentos estarão com os que amo. Seus pensamentos estarão com os que você ama. Quando meu laço envolver seu pescoço, e o nó firme, que consigo fazer sem tremer minhas mãos como na primeira vez, repousar abaixo de sua orelha esquerda, seus pensamentos terão a vida, e apenas nela você há de pensar. A flor crescerá no campo. O sol se aproximará. O canto do guriatã não será audível, ecoará apenas em sua memória. Não sinta a melancolia ao se preparar para a partida. O sol esperará o chão se abrir e seu corpo pender em suplício, para poder iluminar com luz a terra, seus ombros e sua fronte. Só ao sol o guriatã cantará livre, de algum lugar distante. O silêncio não será a ausência da palavra, mas se apresentará como a música da solidão que não nos escapa. Que os "seus" não se desesperem ao vê-lo caminhar para a ausência. A corda cumprirá sua sentença, mas você estará livre das incertezas do amanhã. Por onde você caminhar existirá a reverência pela vida, por qualquer vida. À vida é que se dirige a sagrada oração. Meus movimentos serão como o crepúsculo que envolve a vida na escuridão e no silêncio. Ao sair de sua cela, você caminhará em direção a si mesmo, sem saudade, mas com gratidão. Ao sair de minha casa em direção a você, agradecerei por essa jornada. Serei seu alívio e sua esperança, mesmo que a mudança não se concretize. A loucura e o desespero não serão sua morada, nem mesmo abrigo pelo que não pode ser mudado. Essa será a sentença de todos, dos vivos e dos mortos. A vida será como a noite descendo lenta e firme, mas sempre presente, haja chuva ou sol, alegria ou tristeza, paz ou guerra, abundância ou fome.

* * *

O pai estende um machado ao filho de corpo frágil, que se equilibra para segurá-lo. Seus onze irmãos estão ao redor dele e esperam em silêncio que o pai ordene a sentença. Há um irmão que olha com assombro. Outro com curiosidade. Um dos irmãos pisca os olhos com aparente nervosismo. Outro põe a mão na fronte para sombrear o olhar que se mistura à luz do sol. Uma irmã tem uma ínfima lágrima pousada num dos olhos. Dois irmãos estão muito próximos e são quase um só, as sombras se fundiram no chão de terra seca. Outro irmão tem a boca entreaberta e a saliva brilha como a seiva de uma planta. Outra irmã, tão decidida e forte, nem pisca. Outra irmã tem os cabelos grossos com sua oleosidade impregnada do barro suspenso na atmosfera. Outro irmão é apenas uma alma atenta e nenhum dos outros pode vê-lo, nem mesmo sua sombra sobre a terra.

O pai é um homem forte e olha com atenção para o filho, que equilibra nas mãos o pesado machado. O primogênito logo será um homem e levará uma mulher para habitar uma nova casa: irá povoá-la com filhos, e seu trabalho trará abundância e fartura sobre a terra. O pai, o último de uma linhagem de carrascos que atravessou gerações, agora o inicia em seu destino, sem que ao menos o filho saiba o que o espera. Aquele é o quarto ano de uma seca que parece não ter fim, mesmo para os que nesta terra fizeram morada. Os galhos secos são parte da paisagem de uma floresta de árvores mortas. Crispam o céu como uma teia de lanças à espera da água para fazê-los renascer. O corpo desse homem, que se aproxima da meia-idade, se confunde com a terra sobre a qual ele pisa, que reveste a parede de sua casa, terra que recobre como um manto o telhado que os protege, que se mistura ao suor do corpo dos filhos, ao encardido do lenço sobre a cabeça da mulher, recobre as penas das aves que resistem e as carcaças mortas de sede espalhadas pelo chão. Terra que de tão seca é quase ar, como a água que evapora ao calor, e todos respiram terra, cheiram terra, são terra. Essa é a história da iniciação do filho-carrasco.

O homem avança para trás da casa sob os olhares dos filhos, e o longo cacarejo de uma galinha será o som que corta o ar. O animal hesitante tenta escapar das mãos daquele homem convicto de seu ofício e de sua herança. Ele volta para o cenário da iniciação e as asas do animal se agitam, com seu corpo carregado pelos pés no infinito de terra que deixou o céu com um tom amarronzado. A galinha arqueia o corpo e o levanta no ar, forçando os pés contra a mão do pai. As crianças seguem, com os olhos, todos os movimentos do animal. Penas mirradas se desprendem de seu corpo. O pai não recua e pousa a ave sobre o tronco do que um dia foi uma árvore. A mãe, ao perceber o alvoroço, espreita da janela de casa, sem manifestar nada, porque ela própria fizera tantas vezes aquele serviço e sabe que é chegada a hora de os filhos aprenderem. O pai amarra as pernas do animal, que continua a berrar num lamento que o faz lembrar dos urros dos prisioneiros a caminho da forca. O filho olha firme para o pai, mas é dominado pelo medo, o sangue foge de seu rosto, sua boca está pálida e inerte. Cerra os dentes. Todos os filhos continuam imóveis, esperando que se concretize a sentença da galinha, escolhida ao acaso entre outras que vagavam ciscando poeira na secura do chão.

O corpo repousa, as asas se fecham nas mãos do pai. Os pés estão amarrados. A respiração ofegante, da galinha e do menino, ritmada pela espera, audível desde a casa em que a mãe observa. A panela de água esquentando no fogão a lenha. O pai entrega as asas do animal ao filho-que-olha-assombrado, enquanto por trás do filho-carrasco apruma o machado a certa altura para que a tarefa tenha o êxito esperado. "Desça o machado sobre o pescoço." O menino, mesmo sob o sol forte do meio-dia, sente uma corrente de ar frio percorrer seu corpo:

teme ferir as expectativas do pai, severo em seu intento de educá-lo. "Não tenha pena. Senão ela não morre." "Não tenha compaixão, senão ela sairá viva com o pescoço degolado." Em pensamento, as palavras que o filho não podia ouvir: "Execute sua tarefa, meu filho, porque dela será feito seu futuro e o de sua descendência".

O pai retoma o animal das mãos do segundo filho. O machado desce no ar e atinge não o pescoço, mas a cabeça da galinha. Mudos, eles observam poucas gotas de sangue escorrerem pelo toco da árvore. O silêncio do animal é inquietante. A parte frontal da cabeça está caída no chão com o bico aberto, do último grito, com os olhos opacos da morte. O pai suspira aliviado, retira o machado das mãos do filho, pousa-o fincado sobre o próprio tronco da árvore morta. O irmão que olha com assombro refaz seu semblante. Outro, muito atento, impressiona-se com o pouco sangue que sai do corpo mal secionado. O irmão que pisca os olhos com aparente nervosismo dá um passo para trás, querendo se esconder. O irmão que põe a mão na fronte para sombrear os olhos não consegue ver e tem a impressão de que nada aconteceu. A irmã, que tinha uma ínfima lágrima represada, deixa que ela corra livre pela face. Dois irmãos que estavam muito próximos se afastam e suas sombras passam a ser duas de novo. Outro irmão engole a saliva. A irmã decidida e forte se antecipa para desamarrar os pés da galinha, sob o olhar de consentimento do pai. É sua tarefa entregá-la à mãe. A irmã de cabelos grossos coça a cabeça e limpa as mãos no vestido. O irmão que é apenas uma alma sorri, mas sua sombra ainda inexiste no chão.

Quando o pai solta as asas da galinha, que todos julgavam morta, ela se levanta sem a cabeça e passa a correr pelo terreiro como uma assombração. O homem, atônito, olha para a cabeça no chão e corre atrás do animal. O filho-carrasco imagina ter fraquejado, por ter sentido uma ponta de piedade. Olha para o pai com um sentimento de vergonha pelo fracasso. O carrasco desiste do animal e se volta para o filho. O homem o olha nos olhos, suspira longamente e acrescenta: "Vamos tentar de novo". De cabeça baixa segue para casa, e todos os filhos o acompanham, mesmo aquele que é alma.

Dois cães raquíticos e esfaimados disputam a cabeça da galinha abandonada no chão.

A mulher sai e retira o machado fincado no tronco de árvore, sem nada dizer ao marido. Mata outra galinha que rondava no quintal. Leva-a para casa e retira suas penas na água que fervia.

O homem senta-se à mesa pequena da casa, os filhos acomodados no chão, todos fazem a refeição sem dizer nada. O filho-carrasco não para de pensar na galinha. "Tá, errei, mas vou acertar da próxima vez." Pensa nas caçadas em que acompanhou o pai com os outros dois irmãos mais velhos. Tem coragem, mas nunca foi indiferente às mortes que presenciou. Não queria ver prolongada a agonia da vida de quem morria. Sentia pelos tatus, pelas capivaras, pelos caititus. Mas aquele era um sentimento seu, que, se não o envergonhava, também não tinha a necessidade de compartilhar com ninguém. Nem com seu pai, a quem seguia de forma irrestrita, sem discordar.

Mas o pai não tem aflição. "Há tempo para tudo." Os braços magros do filho estariam fortes daqui a alguns anos, como os galhos do pau-d'arco, frondosos, a resistir no campo. A habilidade surgiria como as sempre-vivas na chapada de pedra. Assim foi com ele. E certamente com seu pai, que nunca falou como havia sido com o avô e o bisavô. Foi assim com todas as gerações anteriores que vieram a povoar a terra.

A mulher fica aflita pela galinha sem cabeça que deve estar correndo pelo terreiro, entre os arbustos secos pela estiagem. Sente pelo filho, pois pensa que essa é uma parte importante de sua história e de seu futuro. Imagina sua identificação de carrasco oficial, mesmo que esta seja uma conquista que nunca será compartilhada. Retirava a identificação do bolso da calça do marido, e mesmo que não soubesse ler, sabia identificá-la, porque entre as mulheres, sem que os homens as estivessem observando, muito se falava sobre as punições e as sentenças, e inevitavelmente, então, sobre os executores. Mas pelo marido ela nunca soube. Observava-o sair de tempos em tempos, silencioso, durante as madrugadas, muito antes de o sol nascer, e voltar no começo do dia, sem dizer nada. Às vezes, vinha carregando uma abóbora ou uma mandioca plantada na várzea do rio, alimentos que não haviam sido mortos nem pelo sol impiedoso nem pelo rio em sua habitual fúria nos dias de chuva. Mas nenhuma pista sobre sua ausência surgia nos olhos fundos que ornavam seu semblante de terra seca.

Ao cair da noite, a mulher recolhe os pratos que secam no jirau. Vê a galinha sem cabeça se aproximar dos galhos de umbuzeiro que servem de poleiro. Todas as outras aves começam a se recolher para a longa noite e não se incomodam com a presença da galinha mutilada. A mulher sente arrepios, prenúncios de mau agouro, com a visão que agora tem da ave semimorta. Já vira galinhas correrem poucos metros mesmo depois de decapitadas, mas nunca decorreram tantas horas de um fato como esse e ainda assim o animal permanecer vivo. O pescoço assovia, indicando que ali há respiração. O homem não tinha voltado com os filhos mais velhos da margem do rio onde desceram para buscar baldes d'água. Mas ela, que se sente responsável pelo equilíbrio da casa, pega a faca no jirau e se aproxima resoluta da ave, cravando-a em seu peito, enquanto seus lábios proferem a oração da proteção. Lança o corpo de assombração já sem vida aos cães que guardam a casa e a fome, com a certeza de que nem com a carne de maldição eles se sentirão saciados.

O céu se cobre de nuvens volumosas ao amanhecer. Calmamente, homens, mulheres e crianças olham para o horizonte, o vento cada vez mais intenso, percorrendo os caminhos entre a mata, o espelho d'água do rio, chacoalhando as últimas folhas no alto das árvores, os pássaros que voam baixo. Um frescor surge da terra anunciando a chuva, que começa a cair resfriando o solo. Os dias passam e a água vem entre sol e nuvens, em pequenas quantidades, até se avolumar por muitos dias. As várzeas com os plantios são tomadas pelas águas do rio, que devastam o trabalho e espalham a mesma fome das secas. Ao fim de cada temporal, as famílias se dirigem às margens do rio para capturar os peixes que viajam longas distâncias, das chuvas que caem em sua cabeceira. Coletam das águas escuras os peixes que serão seu alimento, com os cactos que crescem ao redor das casas. Será assim até o fim das chuvas, quando então plantarão novamente.

Seu bisavô e seu avô foram carrascos. Seu pai também. Ele, que lhe deu o machado na última manhã de uma estiagem de quatro anos, para depois vir a chuva, e paradoxalmente a fome, empenhou-se para que o filho, o primogênito, honrasse a linhagem de carrascos à qual pertencia. Seu avô foi a figura mais importante da família, decerto um herói anônimo de seu país: foi o executor da sentença de morte do ditador que governou por trinta anos, quando o filho-carrasco ainda não havia nascido. Não se livraram dos ditadores, que se alternavam nos governos, muito menos de seus interesses, mas o tempo e os conflitos lhes ensinaram a ser parcimoniosos com a vida.

O carrasco não ouviu de seus antepassados a história de seu avô nem a de seu pai, homens de vidas breves. As histórias que ouviu foram narradas por outros homens que exerciam o ofício, ou dos casos que passavam de um a outro por campos e povoados. A importância do ofício residia na virtude de servir ao país de forma irrestrita, da coragem de interromper malfeitos, distúrbios, ações que atentassem contra a ordem, contra o equilíbrio que sustentava a multidão e seus líderes. Carregar a corda era afastar a possibilidade das turbas, da desordem, do sofrimento. Era afastar as respostas que não podem ser dadas às perguntas que talvez levassem à ruptura. "Por que o céu é azul?" "Por que o sol nasce ao leste?" "Por que o vento levanta as folhas?" Cada pergunta guarda a possibilidade do despertar. Cada pergunta pode conter a possibilidade da mudança. De pergunta em pergunta, as coisas fogem do controle.

Foi assim que viveram anos de fome e abundância, que não dependiam de seus governantes. Eram indiferentes à vida ou à morte. A missão que lhes havia sido confiada, essa sim deveria ser seguida, e era a garantia de que a terra continuaria segura, de que os caminhos continuariam vigiados, de que a vida continuaria sua trilha habitual. Com o pensamento dos homens imutáveis, ele atravessou o tempo até seus dias de algoz.

Nos dias de matança, duas ou três vezes ao longo de um mês, ele se levantava da cama de madeira para caminhar até o local da execução. Em passos mínimos e silentes, para que nem a mulher nem os filhos despertassem, pegava a corda, o capuz negro, a grande arma. Ouvia quase sempre o pio da coruja que voava rente ao chão. Os sons de grilos e cigarras, donos da noite, abafavam o ruído de sua respiração. Ele seguia pelo caminho com o candeeiro na mão, mas, ainda que não houvesse luz ou que seus olhos não pudessem ver, saberia fazê-lo pelo silêncio e pelos sons que dele ecoavam.

Fechava a porteira da casa. Descia até a margem do rio negro. Caminhava pelas trilhas entre a mata seca ou verde, escutando os sussurros dos selvagens e do vento. Nessa estrada, pensava que muitas vezes não sabia quem iria encontrar no tablado de madeira. Temia que fosse alguém conhecido ou a quem pudesse ter afeição. Até o presente momento aquilo não ocorrera, mas temia o improvável. Retirava galhos secos caídos de árvores, que se apoiavam em outras árvores, obstruindo a trilha.

Lançava-os em qualquer canto da margem da estrada para que na volta pudesse carregá-los e transformá-los em lenha para o fogão da casa. Caminhava. Sentia o frescor da madrugada. Havia também o frio em suas mãos. Respirava. Decidiu não contar quantas vezes havia feito aquele caminho, nas horas antes da aurora, carregando a corda e suas armas. Em sua infância, deixou uma galinha semimorta vagando ao redor da mata como uma assombração. Que fim teria levado? Imolou outros animais, peixes, caças, preservando da morte os pássaros do céu e os animais da família. Os que viviam em sua casa também foram poupados. Aquele era seu ofício, e ele não questionava.

Quantos pereceram em suas mãos? Cem? Duzentos? Não saberia dizer. Assassinos, ladrões perigosos, idólatras, apóstatas, inimigos do povo, invertidos, loucos, espiões, adversários da ordem. Sabia que, com sua perícia, o conhecimento dos nós, sua discrição e, acima de tudo, a compaixão com que exercia sua missão, estava livrando o mundo de alguns de seus males, mas sem nunca esquecer que em suas mãos pereciam vidas, e a elas dedicava sua oração. A vida era a deusa particular a guiar seus sentimentos, a guiar seus gestos, a tornar mais sutil a brutalidade de qualquer sentença. Ao contrário de outros carrascos, não extravasava sua bestialidade infligindo aos sentenciados humilhações ou qualquer ação que tirasse a dignidade de seus últimos momentos. Quantas vezes ele os viu urinar ou defecar no desespero da morte, da cela ao cadafalso, da iminência do fim, e nem por um minuto sentia desprezo ou revolta, mas apenas piedade? Limpava-os. Trocava suas vestes, quando possível. Confortava-os em seu silêncio. Respeitava-os. Com o toque da ponta de seus dedos nas costas deles, encaminhava-os para seus destinos, até o chão se abrir e o corpo pender em agonia. Ainda assim não abandonava aqueles homens que sufocavam e debatiam os corpos, com as mãos amarradas e os olhos vendados. Todo o seu caminho era realizado com uma oração, até os momentos finais, quando o corpo do sentenciado jazia sem vida. Ao deixar o tablado, na trilha que margeava o rio, retirava seu capuz negro para guardá-lo junto à corda. Enxugava o suor do rosto. Recolhia madeira no caminho para servir de lenha. Levava em sua sacola o pão da terra, quando havia.

Todos os homens imolam a vida desde o começo do mundo. Imolam os animais ao deus da fome. Imolam mulheres e homens ao deus do amor. Imolam pais e filhos ao deus da família. Imolam suas próprias vidas ao deus do desespero. Imolam suas esperanças ao deus do acaso. Imolam suas verdades ao deus da mentira. Imolam sua paz ao deus da guerra. Imolam o tempo ao deus do trabalho. Imolam a natureza ao deus do dinheiro. O carrasco imola as vidas desprezadas como inúteis ou perigosas, com a consciência de que alguém precisa executar a inglória tarefa da limpeza. Imola um número ao deus governante. Suas mãos cultivam o trabalho de semear e ceifar. Semeia a terra que alimenta sua descendência. Ceifa o que não pode crescer. Ceifa a dúvida e a resposta.

Estamos sempre imolando aos deuses, que parecem existir em maior número do que as volições que guardamos.

O carrasco imola a si mesmo por um bem coletivo, imola a tranquilidade de dias em que não precise guardar em suas mãos a morte. Imola as noites de sono tão regradas do insone fardo que seus antepassados carregaram. Imola a cada sentença a sinceridade do pesar. Cultiva a indiferença. Sacrifica a solidariedade. Imola o perdão. Imola a possibilidade de mudança. Imola seu grito e segue seu caminho sem olhar para trás.

Da última vez que estivera no local de execução, o carrasco ouvira falar que havia mais um inimigo da ordem para ser executado. Era um homem que fazia livros. Escrevia em muros. Diziam que era um poeta importante. Ele estava preso na Ilha do Medo há mais de uma década. Havia chegado o momento de cumprir sua execução. Depois do ditador, executado pelo avô do carrasco, talvez o Poeta fosse a personalidade mais proeminente do país a ser sacrificada. O carrasco escuta o que falam os juízes, os outros carrascos e os soldados que carregam os sentenciados de um lado para outro.

Um poeta cultiva palavras como um homem da terra cultiva o grão. Um poeta colhe mudanças, um homem da terra colhe a vida. Um poeta colhe o desdém, um homem da terra colhe a praga. Uma palavra somente é viva se ela transforma; encerrada em um livro, não vive — é preciso lê-lo. O alimento só alimenta se amadurece. Você pode lançar sementes na terra e elas não germinarem. Mas, caso cresçam e se mostrem vivas, as sementes irrompem a terra como as palavras irrompem um livro, um muro, um aviso.

O carrasco escuta o que falam e vai tecendo seu pensamento como uma malha de apanhar peixes.

Sente-se arrebatado pela possibilidade da morte do Poeta. O carrasco quase não lê, mas gostaria de examinar um livro se pudesse tê-lo nas mãos. Os livros do Poeta foram banidos há muito tempo, mas todos sabem que é possível encontrar exemplares clandestinos circulando nos baús, no fundo de uma estante ou mesmo camuflados, com capas de livros religiosos servindo como disfarce. Leria, então, como suas mãos habilmente manejam seus instrumentos de trabalho, a pá e a foice. O livro seria como a terra: um permanente domínio afloraria do carrasco e nada seria tão obscuro que ele não pudesse contemplar com interesse e razão.

O Poeta se utilizou de uma rede de admiradores e opositores do governo para fundar um movimento que chamaram de Primavera. O Poeta, um ambicioso. Ele desejou a liberdade do povo para poder manipulá-lo com suas convicções. O Poeta formou um pequeno séquito que espalhou frases perigosas nos muros do país. Não fossem as mãos fortes do governo, o movimento Primavera teria espalhado a anarquia e a desobediência.

O caso do Poeta foi motivo de grande interesse para a população e ganhou notas expressivas nos meios de comunicação. As ondas de rádio, que não chegavam ao pedaço de terra onde a família do carrasco vivia, transmitiram o grande espetáculo que havia sido sua prisão, com a revelação dos planos de deposição do atual governo. Seus livros, antes exaltados pelas qualidades estilísticas e pelos temas universais e nacionalistas, foram banidos, e desapareceram das bibliotecas e das poucas livrarias existentes. Mas apenas um pequeno círculo, a elite que domina este país há séculos, sabia de quem se tratava. Nascido em uma família abastada, o Poeta era descendente da última leva de colonizadores que desembarcaram por aqui. Alguém muito distante com quem o povo poderia se identificar.

Durante aquele tempo, a terra voltou a se ressequir e já lembrava a vigorosa estiagem da infância do carrasco. Três invernos sem chuva e o rio havia secado tanto que seu largo leito agora era terra de plantação. O solo guardava uma incipiente umidade, suficiente para o plantio que alimentava a família.

Quando o dia da execução chegou, ele andou pela madrugada como era seu costume, antes que houvesse orvalho, antes, muito antes da aurora. Com seu capuz, ao procurar com discrição pela cela do Poeta, julgou que não seria ele a executar a sentença, pois os carrascos oficiais estavam a postos perto dali. Até que seu superior o apontou como executor; os outros se ocupariam dos demais. Pelas aberturas do capuz, por onde surgiam seus olhos, pôde ver o Poeta, de cabelos brancos, barba comprida, cabeça erguida, uma compleição física que sugeria fragilidade, mas que não negava a altivez nem as origens alardeadas como características dos inimigos do povo.

O carrasco sentiu um pouco de dor na alma. Quantos haviam fenecido em suas mãos? Eram acusados de crimes reais e materializados. Eram fatos por vezes amplamente reconhecidos pelos colaboradores. Não as intenções, as suspeitas sobre o homem envelhecido pelos anos de cárcere. Aquele a quem devotavam prestígio em segredo, a quem destinavam elogios pelas palavras que descreviam a alma de seu povo. O carrasco se perdia no labirinto das incertezas de seu ofício. Pela primeira vez, não tinha certeza de que era necessário executar alguém.

O Poeta, de cabeça erguida, mãos amarradas nas costas, era conduzido por dois soldados. No momento em que se aproximou do cadafalso e o juiz leu sua sentença, procurou pelo homem que o enforcaria. O Poeta buscou os olhos do carrasco. Os olhos, por trás das aberturas, arderam porque não tinham a convicção. Por uns poucos segundos, havia dois homens frágeis, que nem ao certo sabiam de si, nem tinham certezas sobre as escolhas e imposições que receberam. O Poeta tinha olhos da secura de uma rocha inquebrantável. Tinha olhos de condenação para todos os que estendiam as mãos para executar as ordens do Estado. O carrasco, temendo a condenação que o Poeta de forma consciente lhe infligia, estendeu a corda sobre o pescoço dele, escutando a ordem, cumprindo a decisão do tribunal, antes que aquela situação se tornasse sua própria condenação.

"Talvez, se pudesse ter lido um livro, suas palavras, conseguisse ter motivações além das que me dão para que cumpra meu dever."

"Queria saber se doía escrever, porque trabalhar a terra dói. Crescem calos e afloram feridas nas mãos. Faz as costas reclamarem durante a noite. Queria saber se você se curva sobre o papel como eu me curvo ao chão, para sustentar a mim e aos outros."

Minhas mãos já não estão tão certas de meu ofício. Você, que com suas mãos escreve, compreenda que as minhas não escrevem, mas semeiam e ceifam. Nesta hora nossas culpas serão perdoadas, porque, mesmo lado a lado, somos dois homens solitários na companhia do mundo. Sua respiração será rápida e constante e o ar não bastará para seu momento. Seu caminho ao cadafalso será sufocado por vários pensamentos. Seus últimos pedidos não passarão de desejos sem gratificação. Neste instante, não sou o carrasco nem você é o poeta. Somos apenas dois homens que sentem. As palavras serão uma oração em nossos pensamentos. Suas palavras serão seu poema. Suas palavras nunca morrerão, e mesmo que estejam hoje proibidas, serão as sementes guardadas durante anos em garrafas com areia para que a praga não as coma, mas que em terra fértil se reproduzem e se fazem coisas novas. Suas lágrimas lavarão sua face da poeira interminável que por vezes se faz tempestade seca. Nossas vidas serão compreendidas como vidas. Não se abaterá sobre nós a loucura, e muito menos a completa lucidez, para que não sejamos aprisionados pelos extremos dos sentimentos. O equilíbrio não será a virtude a nos encarcerar na mediocridade. Piedade. No último instante, você fechará os olhos para que seu corpo se volte para o que é importante. Instante. Sem vagar nos rostos e na escuridão da madrugada, ou nas luzes que nos permitirão prosseguir.

Aquele foi um tempo de tanta inclemência que até a mata foi consumida por incêndios. O fogo não estava restrito às árvores e aos arbustos que se transformavam em cinzas: estava nas ruas, nas casas, na vida de todos. Queimavam tudo na Primavera de Fogo, que findou o inverno antes do equinócio. Esse foi o cenário da notícia de que haviam detido um jovem de dezessete anos, apresentado como líder cruel de turbas que protestavam contra o governo. Em decisão sumária, para evitar que o fogo chegasse ao palácio, o jovem foi sentenciado à forca.

O que pairava roto sobre o limbo do país agora se reduzia a cinzas.

Em meio aos incêndios que se alastravam e arrastavam multidões para a rua, o filho do carrasco também desapareceu. Sobre a terra que queimava, escassa, sem alimento, ele havia partido sem indicar seu rumo para a Primavera que ardia em chamas. O carrasco o procurou, ainda que a fumaça transformada em densa névoa fosse um desestímulo para as buscas. Seu filho, o primogênito, era um jovem de dezessete anos, tal qual o inimigo do Estado, e estava desàparecido em meio à violência que grassava por todos os lugares. Ideias que chegavam por livros e reuniões de camponeses o levaram a participar clandestinamente da frente por reforma agrária. O pai só temeu por seu destino quando ele já havia deixado a casa. As primeiras informações sobre o jovem condenado — que poderia estar com a vida em suas mãos — o fizeram temer aqueles tempos sombrios. Era preciso atravessar o mundo e os incêndios e trazer o filho de volta.

Sem água, o governo não conseguia debelar as chamas, que cada vez mais se aproximavam da fortaleza onde ocorriam as execuções de sentenças. Foi um ano ardente e sem chuvas, não havia água suficiente. O fogo se aproximava das margens do rio, o cheiro da queima era permanente. Roupas, cabelos, corpos, ar, tudo estava impregnado do odor do fim.

A busca pelo filho envolveu seus outros filhos, seus onze irmãos ausentes, inclusive o irmão morto que permanecia criança e inquieto, entre o rio e o fogo, entre as árvores mortas e o fogo, entre as carcaças e o fogo, entre o chão queimado e o fogo, entre as cinzas e o fogo, entre a lua e o fogo. Cada um dos muitos mortos que pereceram em suas mãos também veio; cada um por sua vez, com sua habilidade, com suas motivações, com seus sentimentos. Cada um com sua fome de mundo. Eram tantos, que nem o carrasco conseguia se lembrar das justificativas dadas em suas execuções. Todos desfiavam suas próprias orações e iluminavam a treva que surgia depois das combustões. Uns seguravam o candeeiro para que ele tivesse as mãos livres para afastar a madeira queimada. Uns sopravam brisas de seu próprio corpo para que se resfriasse e não queimasse junto com o que jazia. Outros o alimentavam de matéria morta. O Poeta leu poemas. O ladrão lhe deu os instrumentos roubados quando ele achou que os tinha perdido. Um dos muitos messias lhe curou as feridas abertas entre os espinhos e galhos esturricados.

Mas o filho continuava desaparecido e o temor quanto ao seu destino só fazia crescer. Até que semanas se passaram, e sem cessar os incêndios que consumiam o país, surgiram mensageiros convocando-o para uma nova execução. Sem poder recusar, seguiu com medo de ser preso, e assim não conseguiria mais procurar pelo filho. Seguiu sem nada dizer, para que não chamasse a atenção para seu amado filho, agora subversivo, que arruinava sua reputação de fiel executor da ordem.

Sem poder percorrer as trilhas à margem do rio, fez do próprio leito o caminho para não ser consumido pelas chamas. No trecho mais cheio, caminhou por águas na altura do calcanhar. Peixes minúsculos mordiam seus pés descalços, comendo pequenos pedaços de sua carne. Era madrugada alta quando avistou as luzes que tremulavam dos candeeiros, além das chamas que alcançavam os altos dos montes.

Atravessou o portão, alcançou o corredor onde os condenados aguardavam por sua hora. Foi quando recebeu a ordem dos algozes. Passou em revista discreta pelas celas. Encontrou o jovem preso, condenado como liderança das turbas. Não conseguia olhar porque o horror do fogo, do desaparecimento, da dúvida que o atormentava gritava naquele instante. Imaginou que os pais do jovem estivessem à sua procura e talvez soubessem de sua sentença.

Aproximou-se do portão da cela e o ouviu chorar. Através da abertura de seu capuz negro viu o cubículo entre luz e sombra, iluminado por um candeeiro. Tremulava a sombra do jovem reduzido a uma rocha no chão, assim como tremulava a sombra do carrasco, com seu capuz negro, lembrando os seres que tememos. Em seu rosto, escondido sob o tecido com cheiro da queima incessante, as lágrimas escorreram quentes, como nunca haviam deixado seus olhos. Nem a fumaça dos incêndios que não teriam mais fim havia precipitado incômodo semelhante ao daquela imagem. O jovem se recusava a erguer a cabeça e olhar para quem consumaria sua sentença. Tinha apenas a certeza da companhia do desespero quando fosse arrastado até o cadafalso.

"Tenho um filho igual a você", disse ao perceber que estava a sós com o jovem. "Sou um pai e gostaria muito de encontrar meu filho." O jovem apenas respirava. "Talvez você possa encontrá-lo, nas ruas que agora queimam, ou no rio quase sem água." "Antes de olhar para você, desejei encontrá-lo, desejei repreendê-lo, desejei castigá-lo por ter partido e deixado sua família, sua terra e seu destino." O jovem ergue a cabeça e o carrasco desvia o olhar para não vê-lo. "Quero que escolha seu próprio caminho."

Quando olhou para o rosto do jovem, estremeceu em um primeiro instante. Retirou o capuz. O jovem olhou seu rosto erodido pelo tempo, pelas sentenças, pelo sofrimento, pelas vidas que pereceram em suas mãos e nenhuma delas, por mais longínqua que estivesse, poderia ser esquecida, poderia ser expiada, sonhos e culpas imolados em seu nó. "Se encontrar meu filho, neste mundo que é tão grande que não somos capazes de encontrar nem a nós mesmos, diga que esteve com seu pai, e que ele o abençoa sempre."

"Pai, não quero ser um assassino. Não quero sua vida", escutou do jovem, rompendo o som da madeira que queimava em volta da prisão. O carrasco abaixou a cabeça, respirou fundo e disse: "Amado, irei libertá-lo de seu destino". Foram suas últimas palavras naquela madrugada.

Assim o conduziu ao cadafalso. Ajeitou a corda em seu pescoço, e seus olhos não o encontraram outra vez para que não houvesse compaixão. Assim cumpriu sua vida de carrasco. E não houve oração que pudesse dissipar seu pesadelo.

Éramos muitos e perecemos nas mãos dos carrascos da História. Tínhamos vidas, sonhos, medos e dúvidas. Em nossos caminhos, colhemos vitórias e derrotas. Falamos de nossos túmulos para lembrar que não somos números, muito menos anos de nascimento e morte, nem epitáfios solenes e bem escritos para que não fôssemos esquecidos. Somos nossos nomes. Emanamos da memória da humanidade. Quiseram nos apagar como velas, mas conseguiram apenas nos transformar em mártires. Desejaram nos eliminar como traços na areia, nos secar como as lágrimas que sempre insistiram em nos deixar, como rostos que se desfazem na memória. Quiseram proibir as músicas que cantávamos, os discursos declamados, as orações proferidas. Quiseram derrotar as lutas que forjamos. Subverter as conquistas que alcançamos.

Sobre nossos cadáveres se ergueram muitas vozes, foram lançadas tormentas e perseguições, que alcançaram a consciência de homens e mulheres de diferentes formas. Sobre nossos cadáveres lançaram mentiras, criaram personagens perfeitos, mais próximos dos deuses que dos homens. Transformaram nossos rostos em objetos vendáveis para que a sanha de poder e dinheiro não tivesse fim. Atravessamos anos, décadas, séculos, e aqui estamos para fazer nossas palavras ecoarem novamente, para dizer o que já disseram de inúmeras maneiras, o que continuará a ser contado de muitas formas até que sejamos outros, diferentes do que éramos.

Alguns de nós deixaram a vida de forma breve. Alguns amargaram um lento sofrimento até o último suspiro. Alguns choraram. Alguns se aliviaram. Quase todos não desejaram morrer. Quase todos tinham missões que não julgavam estar acabadas e, se pudessem ter escolhido, gostariam de ter permanecido. Alguns gostariam de ter visto os filhos crescerem. Outros gostariam de ter visto suas lutas terminadas com êxito. Um desejou um chá quente. Outro desejou uma canção nova para a amada. Outro desejou não ser mais cativo. Um desejou apenas não ter que deixar sua casa.

Houve aquele que se disse filho de um deus e caminhou pela Terra falando de amor e compaixão. Houve aquele que escreveu uma canção que pedia imaginação para um mundo onde não houvesse motivo para matar ou morrer. Houve aqueles que caminharam e apanharam sem devolver a violência que lhes infligiam. Houve aquela que atravessou campos empunhando sua lança. Houve os que desejaram ver seus iguais livres. Houve aquela que lutou pelos direitos dos lavradores. Houve aqueles que disseram "paz" enquanto lhes gritavam "guerra!". Quase todos fizeram de seus caminhos uma trilha para a libertação de outros.

Todos pereceram nas mãos de seus carrascos, e, se pudessem voltar, os teriam perdoado por seus calvários. Um ainda disse, em sua agonia, "Pai, perdoa-lhes, eles não sabem o que fazem". Outro discursou "eu tenho um sonho". Outro disse "temos que nos tornar a mudança que queremos ver". Outra disse "é melhor morrer na luta que morrer de fome". Houve o que disse "as únicas pessoas que realmente mudaram a história foram os que mudaram o pensamento dos homens a respeito de si mesmos". Outro cantou "não creio em nada, só no calor da sua mão na minha mão". Um poeta escreveu "há coisas encerradas dentro dos muros que, se saíssem de repente para a rua e gritassem, encheriam o mundo". Outros disseram muito em seus silêncios.

Outro estendeu sua compaixão aos animais. Outros se deram os braços e caminharam até que os separassem sob a força da violência. Outro era um ajudante de pedreiro e queria apenas regressar para sua casa no morro. Outra era uma mãe em busca do filho desaparecido. Outros transformaram suas lutas em arte. Alguns empunhavam instrumentos de trabalho, enxada e foice, punhos, vozes, para falar sobre o que acreditavam. Alguns haviam planejado os dias e os anos que se seguiriam à nossa morte. Uns jejuavam, uns choravam, uns sorriam. Amavam e queriam ser amados.

Um carrasco mirou sua arma e disparou ao amanhecer para a sacada do Lorraine Motel, em Memphis. Outro carrasco atirou contra uma mulher que guiou inúmeros trabalhadores e estava na porta de sua casa em Alagoa Grande, desfigurando seu rosto. Um carrasco lavou as mãos diante de uma multidão enfurecida querendo a vida do que se dizia Messias. Um líder morreu diante de sua esposa e de suas filhas com dezesseis tiros disparados por três carrascos que tinham a intenção de destruir tudo que houvesse em seu peito. Outro morreu em sua luta e teve a cabeça exposta no Pátio do Carmo, no Recife, depois de anos de perseguição por algozes. Muitos carrascos queimaram uma jovem na Place du Vieux-Marché, em Rouen. Outros dilaceraram as mãos de um compositor depois de dias de tortura antes de lhe darem o último tiro. Outro matou um ídolo pop enquanto segurava *O apanhador no campo de centeio*. Outro tombou diante de seu carrasco e disse "ó Deus"; o próprio carrasco seria enforcado tempos depois, dando continuidade ao ciclo sem fim de rancor e vingança. Carrascos abordaram um ajudante de pedreiro em seu caminho para casa, na favela da Rocinha, no Rio de Janeiro, e desapareceram com seu corpo.

Todos eram sombras de si mesmos vagando pelo mundo. Todos os carrascos, a princípio, acreditavam que tornariam o mundo melhor com o estrito cumprimento de seu dever. Alguns sentiram culpa depois de seus crimes. Outros repetiriam tudo se fosse preciso, uma e outra vez. Alguns não se questionaram sobre seus atos e diziam que cumpriam apenas ordens, como o carrasco julgado em Jerusalém, em 1961. Alguns carrascos se travestiram de presidentes, reis, anjos, salvadores, redentores, guias, líderes e nem sequer tocaram a pele de suas vítimas, olharam seu semblante ou viram a desesperança nas faces dos sentenciados. Continuaram a viver e morreram sem que a culpa os tivesse alcançado.

O espírito *aboni* das coisas

O sol *bahi* cresceu no céu *neme* com muita luz. Agora é hora de partir. Tokowisa se pinta para entrar na floresta. Tokowisa carrega penas, zarabatana, arco e flecha. Tokowisa tem os pés descalços e o corpo forte. Quando entra na floresta, não se distingue a força de uma árvore da força de Tokowisa. Não se distingue o espírito *aboni* de uma árvore do espírito *aboni* de Tokowisa. Não se distingue o espírito *aboni* de um caititu *kobaya* do espírito *aboni* de Tokowisa, nem o de um macaco-guariba *dyico* do espírito *aboni* de Tokowisa. Todos os animais falam e indicam os caminhos das coisas. Tokowisa para, escuta o que a árvore diz. Agacha-se na beira do rio *faha* e escuta o que ele lhe diz. Olha para o céu *neme* para logo depois fechar os olhos e escutar o que a chuva *faha* lhe diz.

Tokowisa precisa encontrar a palmeira de abatosi para curar sua mulher, Yanici, que espera um filho. Tokowisa tem outros filhos e filhas. O velho xamã disse que Tokowisa tem de encontrar a palmeira de abatosi nas terras de longe. Tokowisa tem suas pernas e quer chegar a uma das mil margens do rio *faha*. Também tem braços, e é na canoa que ele sobe os igarapés até chegar ao leito do grande rio. A mulher de Tokowisa perde sangue e ainda faltam luas para seu filho nascer. A mulher de Tokowisa, Yanici, já não carrega o cesto e não cuida da roça de mandioca e milho. Ela fica deitada na rede e Tokowisa sai para caçar. Mas o pensamento *ati boti* de Tokowisa fica com a mulher. O xamã soprou tabaco sobre o corpo da mulher e invocou os deuses. Pediu que lhe trouxesse a abatosi para poder curá-la. Tokowisa não vai partir com outros homens de sua aldeia porque seu espírito *aboni* o levará para uma terra de guerra. Ele e o xamã sabem do perigo. Tokowisa deve seguir sem os homens de sua aldeia.

"É você mesmo?", perguntou o xamã. "Sim, sou eu mesmo", respondeu Tokowisa. O xamã queria saber se o espírito *aboni* de Tokowisa habitava seu corpo. "Vá para uma das mil margens do rio *faha* e colha as folhas verdes e os frutos da abatosi", ordenou o xamã. "Sim, eu vou", disse Tokowisa. "Pinte-se para a guerra", ordenou o xamã. "Sim, eu faço", respondeu Tokowisa. Então preparou sua canoa, amarrou os adereços em seu corpo, pegou as coisas de que precisava e saiu quando o sol *bahi* iluminou o céu *neme*.

Tokowisa prepara a canoa e espera o céu *neme* se iluminar. Deixa a filha mais velha, Neme, que já maneja o cesto e colhe a mandioca, encarregada de cuidar da mãe que não levanta da rede. Tokowisa sobe o igarapé remando suave pelas águas calmas. Vê peixes *aba* e pássaros *bani*. Olha para o céu *neme* e escuta tudo. Tokowisa tem de prestar atenção no coração *ati boti* da floresta porque nenhum sinal pode escapar ao seu espírito *aboni*. Para encontrar a abatosi, Tokowisa tem de escutar tudo, tem de olhar tudo, tem de conhecer o movimento do vento *boni*, tem de ouvir o caminho das águas e os cantos dos pássaros *bani* no céu *neme*. Ele sobe o rio *faha* e se prepara para os dias em que ficará longe da aldeia. Tokowisa precisa de força para encontrar a abatosi. Pinta-se e entoa cantos para que os deuses ouçam e lhe deem a força de que precisa.

Tokowisa carrega no coração *ati boti* a imagem de Yanici deitada na rede e com a face pálida. Ela tem uma matilha de cães *yome* ao seu redor e as crianças que choram querendo peixe *aba* e bolo de mandioca *fowa kabe*. Yanici foi surpreendida por um feitiço lançado por um xamã da aldeia que guerreia contra a aldeia de Tokowisa. O feitiço era para Tokowisa, mas foi Yanici que caiu de fraqueza, porque carrega o filho guerreiro. O xamã teme que o espírito *aboni* de Yanici seja raptado pelos *inamati bote*, que moram debaixo da terra. Os *inamati bote* foram invocados pelo xamã, que lançou o feitiço por vingança pelas perdas que tiveram na última batalha. Então, Tokowisa tem de trazer a abatosi para que as intenções dos espíritos velhos sejam revertidas. Tokowisa vai só, para que a aldeia *tabora* não fique desprotegida.

Tokowisa é um guerreiro, mas agora corre perigo. Sua aldeia está em guerra contra a aldeia *yawa* de uma das mil margens do rio *faha*. Tokowisa não vai comer carne de caça enquanto não encontrar a abatosi. Tokowisa não quer desagradar a *yama* que o visitou em sonho para indicar o local onde estava a palmeira de abatosi. A *yama* apareceu com olhos de fogo e pelo muito branco. Tokowisa lembra muito bem da palmeira de abatosi na beira de um igarapé, tal qual lhe apareceu no sonho. A *yama* levou Tokowisa até a palmeira de abatosi. Tokowisa não pode comer animais. Vai comer *asahi* e outros frutos que encontrar para não desagradar a *yama*. Seu povo teme a *yama*. Tokowisa não teme a *yama*.

Tokowisa e sua canoa sobem o rio *faha* e seus braços fortes manejam o remo *koyari*, com muita atenção, escutando para saber para que lado deve seguir. O rio *faha* vai dizendo com o som das águas e vai abrindo caminho para a canoa que sobe, deixando para trás a aldeia *tabora*. Rio acima, *nakani*. Rio abaixo, *bato*. Tokowisa não está sozinho porque o espírito *aboni* das coisas e dos animais o acompanha. Tokowisa não tem medo da guerra, nem dos homens da guerra, nem dos brancos. Tokowisa sabe que seu povo tem morrido porque os homens brancos querem levar os corpos das árvores. Tokowisa não tem certeza de que os brancos são humanos *jarawara*. Os homens brancos não temem a maldição reservada aos que desrespeitam a terra *wami*. Os homens brancos acham que eles existem sozinhos e que as árvores e os animais são desprezíveis. Os homens brancos matam velhos, matam mulheres, matam homens, matam crianças, tudo para levar o corpo das árvores. "Para que eles querem uma árvore sem seu *aboni*?", pergunta Tokowisa para si mesmo. "Se retirar a árvore da terra *wami*, seu *aboni* vai para o céu *neme*." "De que adianta ter uma árvore sem seu *aboni*?", Tokowisa se pergunta quando para e descansa da viagem.

Tokowisa para e a noite *yama soki* desce no céu *neme*. Faz uma fogueira pequena que ilumina aquele pedaço da floresta. Yanici está vagando no pensamento de Tokowisa. Cansado, Tokowisa se deita no chão da selva, com o arco, a flecha e a zarabatana a seu lado. Tokowisa espera um sonho que indique se está perto ou longe da palmeira. Fecha os olhos e espera.

Os homens carregam o arco e a flecha. As mulheres carregam o cesto. Os homens caçam e guerreiam. As mulheres roçam e cuidam dos homens que guerreiam. As mulheres dançam. Os homens dançam. As mulheres cantam. Os homens cantam. Pintam seus corpos com as cores da terra *wami*. O arco e a flecha permitem aos homens capturar a caça e o peixe *aba*. O cesto é para que as mulheres carreguem os frutos de suas roças. Milho *kimi*, mandioca *fowa bao*, mandioca *fowa basota*, mandioca *fowa nestona*. Os homens cuidam de suas mulheres, porque as mulheres são a força para os homens; os homens são a força para as mulheres. Tokowisa quer salvar Yanici e volta para a canoa na beira do rio *faha* para continuar a subir em busca da abatosi.

Tokowisa começa a ver um clarão na floresta que indica que há homens brancos retirando árvores sem seu espírito *aboni*. Lembra que muitas histórias tristes chegam à aldeia, e os homens se preparam para a guerra. As mulheres estocam alimentos na terra. Plantam todas as variedades de mandioca *fowa* e as deixam guardadas debaixo da terra para que, quando a guerra chegar, elas possam alimentar seu povo. Os brancos têm madeira que cospe fogo e sangra os homens até a morte. Os homens da aldeia têm o arco e a flecha. Têm também a zarabatana que paralisa, com seu veneno, uma onça *yome* maior que um homem. Os homens de sua aldeia guerreiam com os homens de outra aldeia. Tokowisa não teme nenhum deles. Tokowisa nasceu para ser guerreiro e participou de muitas batalhas. Sabe que nada pode passar na terra *wami* sem que seja vingado. Que tudo que fazemos aqui precisa ser vingado aqui mesmo.

Tokowisa é um homem que sobe o rio *faha* com sua canoa. Os guerreiros de seu povo não estão ao seu lado, mas Tokowisa tem o mundo: a terra *wami*, a água *faha* e o céu *neme*. Tokowisa pode falar com a pedra *yati* quando desce da canoa. Pode falar com o boto e ouvir sua resposta. Pode falar com os espíritos *aboni* do céu *neme*. Com o espírito *aboni* das árvores. Tokowisa carrega o mundo em seu coração *ati boti*. Yanici está em seu *ati boti*. Seus filhos também.

Tokowisa ouve estrondos que se parecem com o som da madeira que cospe fogo dos homens brancos. Estão matando o *aboni* das coisas, pensa. Tokowisa pode sentir clarões de luz vindo do interior da floresta. Tokowisa disse para o xamã que as árvores tremem de medo dos homens brancos que devoram a floresta. Tokowisa pode sentir o alvoroço na selva. Sabe que os espíritos *aboni* do céu *neme* serão implacáveis em sua vingança contra os homens brancos.

Passaram-se muitos dias e Tokowisa chega ao lugar que a *yama* do sonho lhe indicou. O sol *bahi* está no alto do céu. Sua luz desce entre as nuvens iluminando a solitária palmeira de abatosi na beira do igarapé. Tokowisa toca a palmeira de abatosi e pede licença ao *aboni* para subir em seu corpo. Sobe a palmeira de abatosi, retira as folhas mais verdes e os frutos mais maduros. Tokowisa respira, respira, respira. Bebe a água *faha* e desce com sua canoa para continuar viajando.

Chove muito, depois que Tokowisa continua sua viagem. Ele resolve parar para que a chuva *faha* não encha sua canoa. Tokowisa, cansado, adormece. Não sonha, embora quisesse sonhar para ter notícias de Yanici. Os *yawa* veem uma canoa na margem do rio *faha*, debaixo de uma árvore, quando a chuva cessa. Os *yawa* reconhecem que ali dorme um inimigo *yawa*. Gritam e carregam Tokowisa para a aldeia *yawa* numa das margens do rio *faha* que ele não conhece.

Tokowisa está preso na aldeia de uma das margens do rio *faha*. Os homens que guerreiam com sua aldeia *tabora* agora são donos de seu corpo. Tokowisa não teme os inimigos e sabe que deve morrer como um guerreiro. Não pode desapontar os homens de sua aldeia *tabora* com uma fuga da aldeia *yawa*. Como se os homens da aldeia *tabora*, sua aldeia natal, não fossem guerreiros para vingá-lo. Tokowisa não pode desapontá--los. Sabe que não é maior que todos os homens juntos. Tokowisa acredita que os guerreiros da aldeia *tabora* irão salvá-lo. Tokowisa sabe que agora será transformado num inimigo *yawa*. Perderá seus adereços, seu arco, sua flecha, sua zarabatana. Perderá as cores de sua terra *wami*. Ganhará as cores da terra *wami* dos *yawa*. Ganhará adereços dos *yawa*. Mas o espírito *aboni* de Tokowisa nunca será um *yawa*.

Os *yawa* vão transformar Tokowisa em um deles. Depois os *yawa* vão comer seu corpo. Tokowisa partirá para o céu *neme*. Vai habitar o céu *neme* e encontrar todos que já partiram. As árvores mortas pelos brancos e os animais que comeu. Tokowisa viverá em guerra no céu *neme*, porque a guerra fez o homem da floresta. Tokowisa tem de levar as folhas verdes e os frutos da abatosi para resgatar o espírito *aboni* de Yanici e salvar seu filho. Passaram-se muitos dias, Tokowisa precisa encontrar uma forma de levar o que o xamã lhe pediu para reverter o feitiço. Tokowisa não pode desapontar os guerreiros de sua aldeia *tabora*. Os guerreiros esperam que Tokowisa lhes dê a honra de resgatá-lo e, se não for possível, a honra de vingar sua morte, mas não esperam que ele escape como um *bato mawa*.

Tokowisa precisa levar a abatosi para salvar Yanici. Os *yawa* pegaram a abatosi. Pegaram também o arco, a flecha, a zarabatana e a canoa. Tokowisa não tinha pés e mãos amarrados, mas era guardado pelos guerreiros *yawa*. Tokowisa sente tristeza porque quer salvar Yanici.

À noite, Tokowisa tem um sonho com Yanici: está deitada na rede e tem os olhos fechados. Yanici tem suor no corpo e dá à luz um caititu *kobaya*. Yanici fica feliz com seu caititu-filho. Mas de seu corpo desce um rio de sangue *ama*. Tokowisa desperta com o pio do araçari-de-bico-branco *howaraka*. O araçari *howaraka* está muito perto e é noite *yama soki*. Os *yawa* dormem. Tokowisa some. O araçari *howaraka* que viu na vida não é branco, mas o araçari *howaraka* que pousa e olha para Tokowisa é branco e tem os olhos vermelhos como a *yama*. Tokowisa aparece com o arco, a flecha, a zarabatana, as folhas verdes e os frutos da abatosi. Tokowisa leva tudo para sua canoa, repousada numa das mil margens do rio *faha*, e o araçari *howaraka* branco e de olhos vermelhos o observa. Tokowisa o chama e levanta o braço. O araçari *howaraka* pousa em seu braço. Os *yawa* dormem como que enfeitiçados pela *yama* que é o araçari *howaraka*. Tokowisa põe tudo na canoa e sente vontade de partir. Tokowisa leva o araçari *howaraka* para a canoa, ele voa e pousa só. Tokowisa sente o cheiro da *yama* que é o araçari *howaraka*. Empurra a canoa para que ela possa descer o rio *faha* e dorme.

A canoa chega até o igarapé nas margens onde fica a casa *yobe* de Tokowisa e Yanici. Neme, a filha de Tokowisa, desce até a margem porque reconhece a canoa do pai. Neme grita pelo pai *abi* e os homens e as mulheres da aldeia *tabora* descem ao seu encontro. Os homens recolhem o arco, a flecha e a zarabatana da canoa para que Neme não precise tocá-los e trazer má sorte para seu pai *abi*. Os homens recolhem as folhas e os frutos da palmeira de abatosi. Neme pede que levem tudo até o xamã, para que ele possa curar sua mãe. Neme não conta para Yanici que Tokowisa não veio na canoa.

O xamã macera as folhas e queima parte delas até que se transformem em cinzas. O xamã cobre o rosto de Yanici de cinzas e a faz beber parte das folhas misturadas ao sumo dos frutos. Fala então palavras sagradas, invoca os deuses do céu *neme*, invoca o espírito *aboni* de Tokowisa. O xamã tem os olhos voltados para o sagrado e sente que Tokowisa vive, que seu espírito *aboni* não está no céu *neme*. Os homens da aldeia *tabora* se dividem: uns se vestem para a guerra e sobem o rio *faha*. Rio acima, *nakani*. Rio abaixo, *bato*. Outros continuam na aldeia *tabora* para defender as mulheres, as crianças e os velhos.

Passam-se duas noites, dois dias, e Yanici se liberta dos *inamati bote* e recupera sua força. Desce à beira do igarapé, porque a hora de seu filho nascer se aproxima. Yanici contempla a canoa parada na beira da água *faha*. Canta porque sente saudade de Tokowisa. Canta também porque o filho de Tokowisa irá nascer. Se Tokowisa regressar, encontrará seu filho bebendo leite do seio de Yanici.

Na profundeza do lago

Ele parou o carro quando percebeu que o que se movimentava pela estrada não era um saco preto, como havia imaginado cinquenta metros atrás. Maravilhada, a mulher que o acompanhava viu que era uma preguiça tentando atravessar para a outra margem da rodovia. Pensou como foi bom que tivessem parado. Quase não havia trânsito por ali e, tranquilo, o animal se deslocava lento, sem noção do perigo, com suas garras abrindo caminho no asfalto. Com força e delicadeza, o homem a levantou pelos membros para colocá-la num tronco de pau-d'arco que vicejava do outro lado.

A mulher pensou, de novo, como foi bom que tivessem parado, porque ela não suportaria saber que tinham atropelado um animal indefeso. Por um instante, seus pensamentos se encheram de afeto, era como se o mundo todo existisse só porque eles estavam atravessando aquela fração de terra, não importava o motivo. Foi assim que ela começou a aceitar os argumentos de que aquela temporada na fazenda lhe faria bem. Sim, faria, como ele tornou a repetir, virando o rosto para mirar seus olhos, sem se preocupar com o que poderia estar à sua frente. Logo ela iria se esquecer dos conflitos que se acumularam depois que instauraram o conselho de ética e moral na escola onde lecionava. Esqueceria a paranoia das acusações que começou a enfrentar, de que suas aulas doutrinavam os alunos. Estava esgotada emocionalmente pelos embates com diretores e pais de estudantes depois que o tal conselho foi formado.

Ela chegou a pensar que, de fato, eles tivessem razão. Leu e releu seus planejamentos de aula. Esqueça, escutou do marido, essa licença veio em boa hora. Ela poderia ter um ano sabático para se dedicar aos pequenos projetos que durante o resto do tempo não conseguia desenvolver. Quem sabe não conseguiria escrever aquele livro tão adiado?

Em breve isso será passado, foi o que disse o marido, um comerciante que investiu suas economias na propriedade para onde seguiam. Não temos de que reclamar, ele disse.

Ao passarem por um pequeno túnel de árvores, ela viu novamente um vulto na estrada. Parece que há outro animal logo à frente, disse. Desceram do carro e, ao se aproximarem, constataram que era uma raposa. Sim, uma raposa, ela lamentou, sem admitir para si mesma que o animal estava dividido ao meio.

Antes de o sol se pôr, eles chegaram à porteira. Quando o caseiro e sua mulher a abriram, ela pôde ver, à luz fraca, o quanto aquele lugar havia se modificado: do abandono quando o visitou pela primeira vez, no momento da compra, ao jardim agora colorido e bem cuidado. A casa com o alpendre largo se erguia solene à beira de um lago com um espelho d'água brilhando àquela altura do dia. Um lago do qual ela não se recordava.

Na manhã seguinte, ela pôde admirar cada canto da paisagem ao redor da casa. O pomar, o pequeno e bem cuidado jardim e o lago. Dois cisnes flutuavam em sua superfície e, por um instante, ela esqueceu o motivo que a levou àquela temporada na fazenda. O marido agradeceu de forma efusiva ao caseiro, e pediu que tomassem conta de sua esposa, a dona da propriedade, enquanto ele estivesse fora. Contudo, antes que ele partisse, quando ficaram a sós, ela interveio, dizendo que não se recordava do lago. Ele respondeu que das outras vezes que estiveram ali era tempo de severa estiagem, o lago existia, sim, mas estava no mínimo de sua capacidade. Agora, com o lago cheio, inclusive podiam irrigar a pequena tarefa de cafezal que ficava além do pomar.

De fato, ela pensou, nunca dei importância a este lugar. Ela nem mesmo se recordava dos detalhes. Era como se pousasse agora numa terra nova, recém-descoberta, quase idílica, como se nenhum homem ainda tivesse posto os pés ali. Embora as marcas do trabalho do caseiro e dos construtores no jardim e na casa fossem perceptíveis, havia o silêncio duradouro das coisas intocadas, que ela não sabia explicar.

Nos primeiros dias depois da partida do marido, dormiu na rede sem conseguir avançar na leitura dos livros que havia trazido. Ofereceu-se para recolher as folhas secas do jardim enquanto o caseiro o regava. Instalou-se na cozinha em alguns momentos para conversar com a empregada, arriscando-se até a fazer o café num rústico coador de pano. E contemplava, sentada na cadeira de balanço no alpendre, os sons da natureza, tão novos, quase inéditos, aos quais nunca tinha dado a devida atenção. Estava tão imersa naquele cenário que o tempo se arrastava lento, nunca recordava em que dia da semana estava, além de dormir em horários não habituais. Tudo isso, mais do que deixá-la desconfortável com a ausência de uma rotina, como de hábito, deu-lhe uma permanente sensação de liberdade.

Certa manhã em que havia adormecido mais uma vez na rede com um livro aberto sobre o corpo, despertou com vozes exaltadas. Viu o caseiro na porteira, com gestos bruscos, mandando embora alguns homens — não soube precisar quantos —, e uma mulher e duas crianças, que pareciam estar juntos. Quando ele voltou para regar o jardim, ela perguntou quem eram. Ele respondeu que estavam pedindo trabalho, as mesmas pessoas insistindo sempre, senhora, foi o que disse. É gente que não quer nada, quer boa vida sem se esforçar, não devem voltar, completou.

A mulher sentiu um pequeno incômodo com a resposta do caseiro, mas não comentou, por depositar confiança em seus serviços; afinal, não havia nada, até aquele momento, que a fizesse pensar o contrário.

Tentou mais uma vez ler o livro. Mas, sem conseguir, adormeceu.

A mulher acordou assustada com a empregada aflita dizendo que precisava ir com o marido para o hospital. Ele estava passando mal, com falta de ar e dor no peito. Sim, tudo bem, a mulher disse, e telefonou de imediato para a ambulância da cidade para que fizesse o transporte. A senhora não se preocupe, disse a empregada, o ajudante da roça, pessoa de nossa confiança, chegará até o fim da manhã.

Depois que a ambulância saiu a caminho da cidade, ela telefonou para o marido. Ele perguntou, então, se ela queria voltar para casa. Não, por enquanto não, tudo foi arranjado, outra pessoa estará aqui enquanto o casal precisar ficar no hospital, o ajudante, você o conhece, respondeu.

Contudo, enquanto recolhia as folhas mortas com o ancinho, uma mulher e duas crianças se aproximaram da porteira. Ela deixou seus afazeres para perguntar como poderia ajudar. Precisamos de algo para comer, disse a mulher. Era uma mulher de traços indígenas, tinha o cabelo negro e maltratado. As duas crianças estavam com as roupas rotas e as faces sujas. Sim, claro, podem entrar enquanto separo os alimentos. A mulher reuniu algumas frutas recolhidas do pomar nos últimos dias. São tantas que chegam a apodrecer no chão, disse, entregando a sacola à mulher, e além das frutas juntou pacotes de biscoito, farinha de milho e um pedaço de carne. Deus lhe pague, foi o que ouviu. Aqui não faltava comida, mas o rio, de onde retirávamos o peixe que nos alimentava, secou. As roças que plantávamos nas várzeas também secaram. Que triste! Por quê?, a mulher quis saber. Barraram o rio cá pra cima, a água não chega mais na nossa terra, disse, enquanto encangava um dos filhos no quadril. Como assim, barraram o rio? Barraram pra irrigar as terras dos fazendeiros, já andamos de fazenda em fazenda pra saber onde represaram, mas não nos deixam entrar pra ver. Estão matando a gente de fome.

A mulher os viu se afastarem, com um nó na garganta.

Enquanto retirava as últimas folhas do jardim, ela observou que os cisnes não flutuavam mais no lago, estavam equilibrados apenas em uma das patas sobre a superfície. De onde estava, viu os animais numa posição inusitada. Deixou o ancinho no chão e se aproximou para observar melhor. As aves permaneciam imóveis, sustentadas apenas por um de seus membros, como se isso fosse possível. Intrigada, aproveitou que o ajudante do caseiro ainda não tinha chegado e fez algo que havia dias ansiava fazer. Tirou a roupa e deslizou pelas águas sem medo, nadando na direção dos animais. De pronto, sentiu a água envolvê-la com delicadeza. Ao chegar mais perto, sentiu sua mão tocar algo rígido. Uma rocha, pensou, as aves estavam sobre ela. Pôs a outra mão sobre a rocha e viu que a água deslizava como uma pequena correnteza além dela. Não, não é uma rocha, percebeu.

É um muro.

Depois que deixei o lago, era como se toda a natureza tivesse despontado violenta e repetitiva. Um vale quente e úmido infestado de insetos, uma sinfonia de sons irritantes, seja do canto dos pássaros ou das cigarras, como as vozes dos alunos e de meus colegas fazendo acusações. Tomei um banho para tentar retirar o lodo que se entranhou entre meus dedos dos pés e por baixo das unhas das mãos. Diante do espelho, percebi que eu estava com pápulas nos braços e ao redor do pescoço, como as plantas do jardim.

Os insetos comeram minha pele enquanto eu estava deslumbrada com a paz que parecia ter encontrado.

Mesmo depois de o ajudante chegar, permaneci sentada na cadeira de balanço, que eu agora havia virado quase instintivamente para o horizonte do lago. Os cisnes se agitavam, não flutuavam mais com a elegância com que eu os havia encontrado. Batiam as asas de maneira selvagem, pareciam disputar o alimento que antes era abundante. E ao cair da noite, com minha crescente insônia, foi que percebi que aquele lugar estava para me devorar.

O silêncio e os sons que me afagavam à noite se mostraram cruéis a partir daquele momento.

Sem conseguir dormir, quebrei a promessa de não ligar para meu marido. Queria saber se o muro que eu havia encontrado era a tal represa que trazia a fome para a gente que morava nas várzeas do vale. Mas ele não me atendeu. E o sono se foi de vez, por causa da dúvida que me atormentava.

Ao amanhecer, quis saber do homem que substituía o caseiro se era verdade que a gente que aparecia na porteira estava faminta porque o rio havia secado. Sim, ele disse. E onde o rio estaria represado, eu quis saber. Ele não sabia dizer. Depois que ele saiu para cortar a lenha, deixei a casa. Segui para o lago, antes que ele voltasse ao dar por falta do machado. Levei-o comigo, guardado numa cesta de vime, e cheguei ao muro. Os cisnes me observavam, como se pudessem prever o que eu estava por fazer. De pé sobre a parede, cravei o machado, como se minha força fosse capaz de derrubá-lo. Uma, duas, três vezes. Um tijolo se esfarelou e um pequeno filete de água começou a fluir para o outro lado. Mas, antes que eu pudesse continuar, me desequilibrei e deixei o machado cair, sem possibilidade de recuperá-lo. Meu corpo também afundou. Deixei-o imergir, e na estranha profundeza do lago, enquanto bolhas de ar deixavam minha boca, senti a tranquilidade que um dia perdi.

Inquieto rumor da paisagem

O vento era um sopro forte, e as roupas estendidas ao longo da cerca de arame começaram a cair. Da porta, ela viu o caminho violento das folhas e da poeira varridos do chão. Seguiam, regressavam, vagavam sem destino. Depois foram os pássaros que se movimentaram, perturbados, rasgando o céu em voos desorientados e se abrigando nos galhos baixos. As galinhas procuraram pelos poleiros, como se esperassem a noite. O dia havia despontado no horizonte fazia poucas horas, o suficiente para que ela concluísse a tarefa de lavar e estender as vestes, e dar água aos animais. Foi quando entardeceu, abruptamente, e o sol, que não havia percorrido muito além seu caminho para o lado oposto do firmamento, se apagou. A noite surgiu de repente, como um véu negro encobrindo a vergonha de um corpo.

Um canto longo e agudo, como um grito vindo das profundezas do mar, atravessou a ilha, dividindo a atmosfera.

Ela, que estava de joelhos quando se percebeu em meio à noite inesperada, levantou do chão de barro se amparando na parede, e se pôs a caminho da trilha. O vento havia amainado, mas ainda era capaz de levantar as pontas do lenço que lhe cobria a cabeça. Enquanto caminhava, a luz foi ressurgindo entre as nuvens, alcançando o corpo quase frio em seu movimento para encontrar o desconhecido.

Vozes vagavam pela vereda, além do murmúrio do mar e das ondas que se desfaziam na praia. No horizonte, os pássaros cruzavam o céu: era o dia que recomeçava. Com os pés na restinga que se enraizava na areia, ela olhou para o leste. Avistou uma rocha grande e escura, circundada pelos pescadores. Eram muitos homens, mas se tornavam pequenos à sua volta. Embarcações regressavam do mar para a praia e se enfileiraram ao longo da faixa de areia.

Passo a passo, deixando um rastro, ela se aproximou, rompeu a resistência da brisa, ultrapassou os barcos, se emaranhou nas redes de pesca, avançou sobre os homens. Parou, domando o assombro; primeiro levou a mão à boca, e depois, vencendo o pavor, pôs a mesma mão sobre a rocha, viva, gélida ao toque, mas, ao mesmo tempo, emanando o calor sutil de um corpo. Era um peixe escuro. Gigante. Respirava, e o ar evoluía à sua volta de forma lenta. Era um animal que, na vantagem de sua corpulência, a fez se sentir menor do que era, como um grão deitado à terra.

Nas horas que se seguiram, os moradores da ilha cercaram o animal. Os baldes que guardavam a pesca foram esvaziados para se encher de água e ser lançados sobre a pele ressecada do peixe. Ao ver que sua respiração se tornava mais lenta, todos se puseram apenas de um lado e, usando a potência de seus braços fortes, tentaram devolvê-lo à maré. As mulheres aguardavam o desfecho de pé, seus lenços em movimento como as velas içadas das embarcações. Tentavam conter as crianças que riam, brincavam e insistiam em se aproximar do grande peixe. Quando muito, gritavam aos homens palavras que poderiam alcançá-los em meio aos seus esforços. Mas o corpo escuro seguia inerte, capaz apenas de emitir sibilos cada vez mais espaçados, que faziam o ar vibrar, invadindo o corpo da mulher, revolvendo-se como um redemoinho.

O cheiro doce e algo aterrador da vida e da morte entranhava a roupa, a própria pele, provocando uma repugnância compartilhada pelos mais frágeis.

E dos pequenos olhos do animal, que flutuavam no corpo em agonia, vinha o pedido que aquela mulher, somente ela, poderia compreender.

Por estar cada vez mais quente, talvez os humores tenham mudado. O vento lançava grãos de areia que pareciam mais pesados, cristais afiados, açoitando os corpos, ferindo a carne. Os pescadores desistiram de devolver o grande peixe ao mar. As mulheres cansaram de esperar. Uma delas lembrou que o estoque de óleo para as lamparinas estava no fim e não havia previsão de carregamento para as próximas semanas. O trabalho das roças e os peixes não bastariam para abastecer as casas. Um dos homens sorriu ao olhar para o animal. E ela, que entendia de sorrisos e escárnios, mais uma vez se antecipou ao que estava por vir.

A névoa que pairava diante de seus olhos se tingiu de vermelho. Machetes, facões e lanças se ergueram. Ela rompeu a barreira de homens, que se preparavam para a matança, e gritou, limpando o suor que minava de seu rosto. Um deles argumentou, impaciente, que o animal morreria em pouco tempo e não havia mais o que fazer. Pois esperem, disse. Ainda temos as roças, temos o mar, os pescados, temos a feira. A vida não para. Pois sigam, eu continuarei banhando o animal.

Baixaram as armas e a chamaram de louca, mas não se opuseram à sua súplica. Um a um deixaram a vigília em torno do animal. Ela ficou ali, sem se alimentar, carregando, solitária, o balde d'água. Por vezes, ouvia um pequeno gemido que não sabia dizer se vinha do mar, do céu, do grande peixe que ela vigiava ou de seu próprio peito machucado por lembranças do passado. Machucado ainda mais pela incerteza do futuro.

Você acorda num quarto escuro e sem janelas. Olha para o teto e observa a lâmpada que pende e flutua num mar de manchas de mofo, a vaga lembrança da ilha do Norte. A cama baixa sustenta seu corpo encalhado no firmamento da casa. Você não se movimenta, é um animal inerte e solitário, e cada imagem do passado surge e se dispersa em ondas que quebram na parede do claustro.

Quando chegou ao sobrado, que resistia, ainda que parecesse mais uma ruína, olharam seus dentes, mediram-na de cima a baixo, apalparam seus seios. Como na feira, descamaram suas vestes, procuraram por um brilho vítreo em seus olhos. Você tentou dizer que viajou para trabalhar, que seu trabalho era limpar a casa e fazer as refeições para uma família. Riram, como os pescadores que fisgam o peixe com uma isca ordinária.

A primeira noite em que acordou no quarto imundo foi como se tentasse emergir para respirar. O odor podre das camadas de suor que impregnavam o colchão provocou-lhe uma náusea permanente, como se estivesse vagando por mar aberto. É um engano, irão desistir, pensa. Você não serve para o que querem.

A dona do sobrado bate à porta e você se senta à beira da cama. Um a um entram no quarto e se deitam. Uns se despem por inteiro, outros apenas abrem o fecho da calça. Você é empurrada de forma brutal para o fundo da cama, e sob esse peso imenso, mal consegue se sentir viva.

Quando a deixam sozinha, o quarto se ilumina de forma discreta. Como um sol surgindo depois do eclipse. Assim, você atravessa a porta e se limpa, com os seios inclinados sobre o ventre. Da fenda de seu corpo escorre o desespero dos homens. Com água, rega a flor-de-carne entreaberta.

Você devolve o prato de comida intacto por se sentir, mesmo faminta, saciada. Dentro de algumas semanas, poderá contar os ossos protuberantes nas margens de seu corpo. Retiram-lhe a gordura branca, pedaço a pedaço, e dela fazem luz.

A mulher despertou sob o céu nublado. A noite varou a ilha e era manhã de novo. No lugar onde o animal agonizava, agora habitava uma grande carcaça branca sobre pequenas poças de restos de vísceras. Olhou para as próprias mãos sujas de sangue e se espantou. Mas de seu rosto, antes contraído de pavor, surgiu um semblante sereno, de que nada mais havia a ser feito.

O peixe deve ter se perdido em sua jornada e terminou encalhando na praia, graças à vontade de Deus, que confundiu os animais e o povo com a escuridão da noite.

Foi quando veio a lembrança de Dinorá, de quem não tinha notícias. Em pouco tempo, ela faria o mesmo caminho em direção à cidade, porque não há salvação quando se vive cercada por um mar violento. O mesmo mar que nos dá o alimento lança um grande peixe em nossa terra e muda os humores que nos habitam, foi o que pensou. Não pôde evitar a pergunta sobre o que diria Dinorá se pudesse ter visto a imponência e a melancolia do grande peixe.

Com os pés na areia, pisando forte, voltou pela vereda. O povo da ilha ainda dormia. Numa ou noutra casa, ela viu lamparinas acesas, queimando a gordura branca da baleia. Foi nesse caminho da praia para a casa que limpou as mãos nas vestes, tingidas de sangue. Estendeu os dedos para a luz que queimava. Retirou uma das lamparinas da parede e a levou consigo.

Deitou-se na esteira ao chão. O fogo queimava o óleo lentamente. E, de repente, quando fechou a boca, sentiu-se como se estivesse de novo no ventre do grande peixe.

Meu mar (fé)

Todos os dias eu volto à praia para tentar te encontrar. Caminho sob o sol ou a chuva. Ando por areias que se movem pelo vento, pela areia compactada pela água do mar. Olho para cada homem que aparece no cais, para cada pedaço de terra que existe aqui. Eu te procuro em cada rosto, em cada onda que chega aos meus pés. Tenho esperança de que você voltará, chegará a qualquer momento, ainda há salvação para nosso futuro que quase atravessou o oceano que zomba de nós, o mar onde você se perdeu.

Andávamos todos os dias nas praias de Dakar, nos arredores dos hotéis e restaurantes, enterrando os pés na areia. Procurávamos trabalho. Entrávamos no mar ao fim da tarde e agitávamos os braços na água, observando-a alcançar o céu. Secávamo-nos nos restos de luz, e então voltávamos para Baraka, caminhávamos na escuridão por suas ruas arruinadas, seu chão de terra, suas casas se desmanchando como uma colmeia que se renova. Baraka estava cercada de boas casas, dos poucos prósperos de nosso país.

Foi quando veio a proposta de partir para a América, para o outro lado do oceano, atravessando num navio de carga, escondidos num contêiner. Vendemos a casa que habitávamos, a outra casa que herdamos de seu pai e que rendia o parco para nos saciar a fome, para pagar a travessia até o porto da Bahia. Desembarcaríamos depois de muitos dias sem ver a terra e com a memória dos muito poucos fios de luz que nos chegavam ao longo da viagem. No contêiner, éramos seis pessoas, jovens, cinco homens e somente eu, mulher, que conhecemos o inferno da travessia. O alimento terminou antes de nossa chegada, o calor sufocante nos enchia de cansaço e mal-estar. Havia o medo de que fôssemos descobertos, havia o balanço da pesada embarcação no mar aberto, quebrando ondas, havia o perfume nauseante da maresia.

Você segurou minha mão diversas vezes com muita força. Era uma travessia dolorosa, carregada de angústias e temores. Deixávamos nosso país para trás, sem a esperança de voltar em breve. Deixávamos tudo com melancolia, sem sorrisos, sem conseguir dormir, sem banho, com dores pelo corpo nascidas das ausências, o silêncio muito incômodo que nos impúnhamos para não levantar suspeitas de que havia ilegais naquela embarcação de bandeira estrangeira. Deitei a cabeça em seu ombro por muitos dias tentando ser paciente, desejando coragem, mesmo quando em seus olhos eu só conseguia ver a incerteza. Ficamos tão próximos que éramos quase um corpo, tão somente um corpo, atravessando o mar que não podíamos ver, sentindo-o com suas ondulações aos nossos pés, um marulho que nos alcançava em pensamentos e que se perdia no ar. Nossa respiração estava carregada do ar que quase não se renovava em nossos pulmões, o cheiro do vômito, o cheiro da distância, carregada pelo destino. Éramos uma garrafa boiando na água, e um grande peixe nos engolia calmamente.

Cardumes acompanharam nosso caminho. Trocamos de tempos em tempos de lado, de posição, no contêiner, e no breu seguro suas mãos esperando que tudo acabe da forma que planejaram para nós, porque não tivemos nem a liberdade de decidir. Que possamos desembarcar no Brasil, que possamos ter trabalho, que não sejamos importunados pelas autoridades, que possamos guardar dinheiro para um dia regressar à nossa terra. Com a mente cansada de tanta espera, durmo quase nada, acordo com os sons da embarcação, com o trabalho da casa de máquinas, com a conversa sussurrada durante a noite.

E foi assim que eles encontraram os seis imigrantes daquele navio de bandeira estrangeira, os seis ilegais. Promoveram as maiores humilhações, tocaram em meu queixo, tocaram em meu seio, me levaram para um lado de luz da embarcação enquanto batiam em você e nos outros homens. Eu também não escapei da violência, machucaram meu supercílio, entraram em mim, contei, quatro homens cheios de ódio deitaram sobre mim, à deriva no navio que chamamos de *Esperança*, morderam minha pele suja e urinaram sobre meu corpo. Assim nos despedaçaram até nos lançarem ao mar.

Era o começo de uma manhã e eu via em seus olhos a vontade de nos ver morrer afogados. Apagariam nossas vidas como muitas já haviam sido apagadas e continuam a apagar nas embarcações de imigrantes e refugiados. Lançada ao mar, minha cabeça afundava na água, meus braços se debatiam, eu ouvia seus gritos para ficarmos distantes uns dos outros, para que nossos medos não nos levassem para o fundo. Eu observava o navio distante, com a certeza de que não sairíamos dali vivos, mas sem chorar, eu soltava as tensões de meu corpo para poder flutuar na água à minha volta. Um dos homens que fizera a travessia conosco estava desaparecido. Eu perguntava a você quantos ainda estavam conosco, mas não ouvia sua voz. Você, que nos encorajou quando fomos atirados à morte, disse que seu companheiro de mar estava cansado e que começava a afundar. Pedi que se afastasse dele, que o deixasse descer ao fundo se não aguentava estar na superfície, mas você, sempre disposto a ajudar, tentou salvar aquele homem, que, não sabíamos, talvez tivesse deixado mulher e filhos nas plantações do interior do país. Mesmo estando esgotado daquele inferno, você ainda queria ajudar. Gritei porque existia algo dentro de mim — meu grito foi tão agudo quando percebi que você se perdia nas águas turvas —, eu não podia ver a terra ainda, mas sabíamos que estava ali, sem que nossos olhos a alcançassem. Meu grito foi de desespero, para que você despertasse daquele sono, e voltou num eco com as correntes que nos afastavam, e, mesmo sem outro grito, voltou mais uma vez e mais outra, eram ondas de grito, então uma embarcação branca, menor que aquela em que estávamos, se aproximou lançando boias. Segurei-as, e outros dois homens também as seguraram. Os homens da embarcação nos içaram como fantasmas daquele cemitério, nos levantaram do inferno em que estávamos havia horas. Eles diziam coisas que eu não compreendia, encontrei forças para gritar e chorar apontando para o mar, era tudo muito grande visto de cima da embarcação, eu falava seu nome e apontava com as mãos enrugadas do tempo que passamos na água, apontava e chamava seu nome. Eles olhavam com atenção de cima da embarcação, mas não podiam compreender o que eu falava, eu gritava baixo, sem forças, *là-bas, mon mari, dans la mer.* Talvez por isso não o tenham encontrado naquele instante. Eles nos cobriram com mantas. Mas você estava ali submerso, enganando a mim, com medo dos homens, respirando por minúsculas bolhinhas de ar que de cima da embarcação não conseguíamos ver, "eles nos salvaram", eu grito para você, mas você prefere ficar onde está.

Atravessamos oceanos há séculos, através das águas, partindo do continente do lado de lá. Partimos de muitas terras. Partimos de muitos lugares, de diferentes cores, de diferentes vozes, de diferentes falares, por diferentes ondas, de terra e de mar, de florestas e de savanas, de planícies e de montanhas. Partimos muitas vezes acompanhados de multidões, partimos em pequenos grupos, mas quase sempre partimos conosco. Partimos para fecundar a América. Partimos para perecer na América. Nascimento e morte: América. Viajamos o Atlântico, viagem nunca desejada, quase nunca sonhada, mas quase sempre necessária. Deixamos histórias, carregamos histórias, tudo o que o trazemos é o que pode ser comportado em nosso espírito, para que nossa terra não se acabe, para que floresça e seja presente, para que, talvez daqui a alguns anos ou séculos, possamos regressar e refundar nossas vidas, unir os fios partidos e caminhar sobre as águas.

Recusei-me a seguir para o Sul com os outros homens que nos acompanharam porque não queria deixar a praia por onde você certamente iria chegar. Eu disse em crioulo, às vezes em francês, que permaneceria ali, e os responsáveis pelo abrigo da igreja não compreendiam minha resolução. Eu os olhava e tentava dizer pausadamente que você estava a nadar, e que cedo ou tarde chegaria à praia para me encontrar, e por isso eu não poderia deixá-lo só. "Viemos juntos e nos perdemos no mar", eu tentava dizer, "ele vai chegar e eu preciso estar aqui." Eles davam de ombros e eu permanecia falando ao vento. Como uma árvore que nada escuta, que não escuta ninguém, plantada indiferente e estoica à sua espera. Na igreja, havia uns poucos colchões, as pessoas tinham também doado roupas — chegamos sem nada da travessia — e uma chaleira para ferver água. Às vezes, doavam comida e eu tentava preparar algo, sempre fazia porções para nós dois, porque sabia que a qualquer momento você podia chegar.

Antes do levantar do sol, seguia para a praia, segurava o cotovelo direito com a mão esquerda, mirava o horizonte olhando as embarcações, esperando que você descesse de alguma delas. Em alguns dias de mais ousadia, eu me aproximava como que em revista, olhando para o rosto dos homens na tentativa de te encontrar. Mas o tempo passava e você não chegava. Eu regressava a cada manhã, deixando o abrigo no sereno da noite — olhando os homens e as mulheres que deixam suas casas tão cedo para se dirigir aos seus trabalhos. As mulheres que seguiam para limpar as casas de outras famílias que não eram as suas, os homens que iam transportar pessoas de um lugar para outro, o eletricista, a professora, os pescadores. Eu partia sem nada, com aquelas roupas folgadas que tentava reparar com linha e agulha que uma freira me emprestou, caminhava todos os dias pelo mesmo lado da calçada, deixando as mesmas sombras em meu passado, ouvindo os motores dos ônibus que começavam a circular, o zumbido dos insetos, as estrelas tão apagadas, tão diferentes do céu de Baraka. Vou enumerando tudo que posso, e só assim consigo contar alguma coisa sobre mim. Costumava então me perder, e perdida fazia preces para conseguir encontrar o abrigo, para que você não demorasse a me encontrar.

Meus seios estão enrijecidos. Apesar de meu baixo peso, sinto meu quadril mais largo, então penso que posso estar grávida. Passaram-se muitos dias desde nosso resgate e eu conheci uma haitiana no abrigo onde continuo morando provisoriamente. Ela se chama Dominique e chegou há mais de um ano. Atravessou a fronteira no Norte do país para encontrar o marido que veio antes. Dominique me contou que houve um terremoto no país dela. Não me lembro de ter ouvido falar, mas ela me disse que foi um tremor muito grande, que houve muitos outros tremores e pouca coisa ficou de pé. É difícil compreender Dominique porque nossos falares são muito diferentes, ela fala o crioulo da terra dela, eu falo o crioulo de nossa terra, são línguas diferentes. Então juntamos os pedaços com um francês muito ruim e com o português que começamos a aprender.

Dominique não encontrou o marido quando chegou e não sabia ao certo o que havia acontecido a ele. Ela estava sozinha, igual a mim. Mas a diferença, tento explicar, porém Dominique não entende, é que você está a caminho para me encontrar,

que nos perdemos no mar, você está nadando, e ela descon-
versa e me diz que não sabe para onde seguiu seu marido. Ela
me disse também que tinha dinheiro suficiente para encontrar o marido em São Paulo, mas que, na fronteira entre o Brasil e o Peru, o coiote exigiu mais dinheiro, sob o risco de aban-
doná-la na selva com os outros haitianos. Dominique teve de
lhe dar todo o dinheiro e então conseguiu chegar só até aqui,
porque não carregava muitas coisas nem tinha muita informa-
ção sobre onde ele estava exatamente.

Dominique tem sido boa comigo. Fizeram doações no centro onde nos abrigaram e compramos, com o pouco recurso,
uma carga de baterias para portáteis com um amigo dela. Saí-
mos pela manhã muito cedo — quando volto da praia à qual
me dirijo ansiosa todos os dias para tentar ter notícias suas —,
com pequenas trouxas de pano para estendê-las nas calçadas
das ruas movimentadas da cidade. Vendemos pouco, mas guardamos esse dinheiro para comprar novas mercadorias, algo
além de baterias. Aprendemos a dizer "dois real", "seis real",
"obrigado", "bom dia", "de nada", isso pode parecer pouco, mas
me dá um alívio porque as pessoas nos olham com um ar de
compreensão que de certa forma nos liga a elas e nos salva da
falta de comunicação, dando a impressão de que aos poucos
passaremos a pertencer a esta terra.

Dominique me disse que eu não devo ter muita esperança
nem contar com muita bondade por parte dos brasileiros. Falou que o preconceito contra nossa cor e nossa origem é muito
forte por aqui. Ela compreende mais o português porque chegou há mais tempo e me fala coisas que eles fazem sorrateira-
mente, mas que ela já pôde notar. Dominique falou que mesmo
os negros daqui sofrem discriminação. Ela me disse, enquanto
andávamos pelas ruas até a calçada onde estendemos nossas
mercadorias: "Olhe ao seu redor e veja onde estão os brancos
e onde estão os pretos", eu observava então os edifícios e ela

continuava dizendo: "Olhe à sua volta e veja como estão separados, como eles andam afastados, como as mulheres negras andam atrás das suas patroas, segurando suas crianças. Olhe para as pessoas que tentam trabalhar e vão para a rua vender seus materiais, são quase todas como nós". Ela andava rápido, mas atenta a todos os passos, "Já observou quem atende os portões dos prédios? Quem guarda os carros nas ruas? Quem dirige os ônibus?", olhava para mim com os olhos vivos, "Sabia que as empregadas não podem usar os banheiros das patroas? Os engenheiros no Brasil cuidam de fazer um banheiro só para elas", e concluía com pesar: "Aqui negro é um cidadão de segunda classe. Como nos Estados Unidos. Como na Europa".

Dominique falou que durante o tempo em que estava no abrigo ouviu as vozes dos imigrantes narrando as experiências dos parentes que chegaram antes e mandavam notícias. Que aos poucos suas expectativas de uma vida melhor foram sendo apagadas pela constatação de que existiam diferenças profundas entre pobres e ricos, e os pobres, aqui, diferente do Haiti ou do Senegal, tinham cor.

Cada dia que passa eu descubro coisas novas, então vou contá-las para você antes que chegue o amanhecer. Temos de prestar atenção nos fiscais públicos que recolhem as mercadorias dos ambulantes sem licença, nós aqui somos estrangeiras, sem permissão de ficar. Dominique acha que por ser haitiana será mais fácil conseguir o visto de permanência, mas não tem a mesma certeza quanto a mim. Fica muda quando eu pergunto. Sei que ela é muito generosa e não quer me ver abatida. Ela ouve quando falo sobre você, mas não tenho coragem de dizer que viemos dentro de um contêiner passando fome, sinto vergonha, então vejo certeza no olhar de Dominique quando me diz que você voltará, sim, que conseguirá me encontrar. Ela, assim como eu, não guarda dúvida de que esse desencontro terá um bom desfecho, e tudo é só uma questão de tempo. Também sinto vergonha de contar que quatro homens me violaram. E quando eu digo que meu corpo está mudando, Dominique me diz que eu preciso trabalhar para poder sair do abrigo e criar a criança, que daqui até lá você já deve estar ao meu lado. Digo a ela que, se não tivesse certeza de sua chegada, não prosseguiria com aquela gestação. Então ela não fala nada, fica silenciosa, porque talvez seja o melhor.

Dominique me conta histórias que viu e escutou de muitas pessoas que continuam a chegar por aqui: de lugares destruídos pela natureza, de pessoas que fugiam do narcotráfico, e continuam a chegar de lugares devastados por guerras no Oriente, de nosso continente, fugindo das crises econômicas e dos conflitos internos. São muitos rostos, em sua maioria de jovens e crianças, pessoas que dão tudo que têm para embarcar, por mar ou terra, cheios de sonhos, mas que enfrentam toda sorte de adversidades, violência, exploração. "Um imigrante aqui vale muito menos que um nativo, eles acham que valemos qualquer coisa e exigem de nós uma carga de trabalho que muitos deles não têm. Mas, ainda assim, é melhor estar aqui para ter condições de sobreviver do que continuar onde estávamos, onde muitas vezes não nos resta nada."

Nas ruas, onde trabalhamos no comércio de nossas baterias, vamos encontrando homens, mulheres, crianças, com sorriso e desalento, trabalhando ou à procura de trabalho, perdidos entre os edifícios e os passantes, buscando um lugar no mundo, querendo esquecer as dores, colhendo o bom e o ruim.

Entraram em contato com as freiras do abrigo. Depois de uma intensa busca, o marido de Dominique conseguiu localizá-la e enviou o dinheiro para que comprasse a passagem e o encontrasse no endereço em que ele mora no Sul. Eu estava ao seu lado quando ela recebeu a notícia e constatei que felicidade é receber uma notícia há muito esperada. Talvez não exista felicidade mais imediata, mais assustada, mais sonhada. Generosa, ela olhou em meus olhos, sem me abraçar, e disse que eu seria a próxima a encontrar quem tanto procurava.

Dominique e eu somos feitas da mesma matéria. Às vezes, em sua inspiração, disciplinada, ela me chama de *Foi*. A palavra mais bela pela qual alguém já me chamou, mesmo numa língua que nos colonizou, mas, ao mesmo tempo, nos uniu, agora eu descobria, de um lado a outro do oceano.

"*Foi*", Dominique olhou para mim, "vou deixar o que eu tenho de mercadoria contigo. Por favor, não recuse, neste momento não preciso. Sei que será mais útil para você." Sentamos lado a lado na cama e registramos as coisas de que gostamos. Ela pediu que eu me cuidasse, que ficasse atenta às ruas, "há muita violência sem sentido". Pediu-me para que nunca aceitasse trabalhar de empregada doméstica, "você será uma escrava". Dominique tinha pouca coisa para levar. Numa mochila velha de escola, que veio junto com as doações, cabia quase tudo que ela tinha. No dia em que uma das freiras a levou até a estação rodoviária, ela acenou, abaixou a cabeça e foi embora sem olhar para trás.

Estou só novamente.

Todas as noites tenho pesadelos com o mar. O sono e a angústia trazem os homens que entraram em mim. Mas você não aparece em minha noite: apenas os homens, a escuridão, a maresia, a violência, o silêncio. Às vezes, sonho com as pessoas em Dakar de quem não temos notícias. Mas não quero regressar para o outro lado sem você, as correntes do mar me trouxeram até aqui, então irão trazê-lo também. Do outro lado tudo muda, não existem as mesmas correntes. Por isso não penso em partir.

Você se aproxima de mim e tenho lágrimas nos olhos. Minha vontade é de empurrá-lo, bater e chorar. Quero lembrar as dores da travessia. Exigir uma explicação sobre onde você estava; se existia alguém entre nós, se ele sabia quantos dias eu tinha ido até a praia, se sabia quantas vezes não dormi temendo ser deportada, ter que deixar o mar do lado de cá, por onde, agora percebo com minha ansiosa certeza, você voltaria para me encontrar. Temi ter de voltar para o mar do lado de lá, sem você, sem compreender por onde fluem as correntes de água, se te levariam para o norte ou o sul, para o leste ou o oeste, sem saber por onde os corredores de água o levariam, águas quentes, mornas, águas frias, geladas, que caminham nesse espelho do mundo.

Você agita os braços como naqueles fins de tarde em Dakar. Seu sorriso contrasta com meus olhos marejados de lágrimas, porque eu mesma havia me tornado o oceano que nos separa. Você se aproxima de mim e quero muito tocá-lo, mas tenho mágoa por sua ausência tão prolongada, me sinto enganada e traída. Você se aproxima ainda mais para me abraçar. Olha com ternura, nem parece que faz tanto tempo, sua barba está bem-feita, seu cabelo mais curto do que quando nos perdemos na travessia, sua pele brilhante como a noite. Choro desconsolada, insistindo que me abrace. Entre nós fica a barriga que carrega o filho, eu não quero falar nada, não sei se você se lembra que os homens me arrastaram naquele mausoléu à deriva para entrarem em mim, e eu não quero dizer nada, não quero te ferir, uma coisa de cada vez. Agora o que importa é que você voltou e me abraça. Sinto o conforto de seu peito, o coração em ebulição, viva. Você nota minha barriga que cresce, aperta seu corpo contra meus seios que se enrijecem, que se preparam para amamentar a vida. Eu tento explicar, mas você faz apenas um aceno com a cabeça, nada fala, preciso dizer que estou cansada desse silêncio, foram meses de silêncio, além dos sussurros no contêiner para que não nos encontrassem; depois os gritos no mar para que o desconhecido não nos levasse. Quero que você fale, mas você acena de novo meneando a cabeça e diz, sussurrando para que os que estão à nossa volta não possam ouvir, que está tudo bem, vamos trabalhar por aqui, esse filho vai nascer no Brasil.

O luar entra extenso sobre o quarto, iluminando o colchão no chão, como uma língua de luz que clareia tudo. Olho para o lado e você não está, levanto em sobressalto e avanço para a porta. Olho dos dois lados do corredor e tudo que tenho nesse momento é a ausência, só não há silêncio porque os insetos reclamam suas vidas no topo das árvores e das construções. Percebo a fantasia de sua presença, aquele sonho claro no meio da noite, a sabotagem que minha espera precipitou. Choro muito e durante muito tempo, como talvez não tenha chorado na partida, na luta para sobreviver aos homens e aos dias que passei aqui. Minha carne treme do choro convulsivo, talvez alguém acorde, mas pouco me importa, só essa dor irrompendo há muito tempo é suficiente para me manter ocupada, feroz e alerta.

Não consigo mais dormir. O dia vai se aproximando, intenso, pedindo que eu deixe o abrigo em direção à praia, pois o sonho havia sido um aviso e você deve estar agora à minha espera. Por isso eu saio muito mais cedo que de costume. Caminho em passos apressados pela rua para quebrar o gelo da madrugada, encontro gatos e cães em seu abandono, encontro esgoto e a leve brisa vinda do mar. Caminho decidida em direção à praia, para o mesmo lugar em que desembarquei, onde você deveria ter aparecido faz muito tempo, e não posso mais esperar, preciso eu mesma fazer o trabalho de busca, qualquer dia eles negam mais uma vez a reconsideração de meu pedido de residência, então serei deportada de volta para Dakar, tão lenta, e de lá do outro lado não poderei esperar, porque é aqui que você tem de chegar, a praia do porto da Bahia era nosso destino quando partimos do outro lado da terra.

Vejo muitos barcos esperando seus pescadores, antes mesmo da alvorada, e empurro com meus braços pequenos o menor barco, com a força de muitos homens, deixando um rastro na areia, como as veias abertas que me incomodam desde que decidimos fazer a travessia; o barco encontra o mar e eu o levo com sua ajuda, mar, para longe, o ventre me dói nessa hora, mas preciso voltar para encontrá-lo. Você está perdido lá, onde o deixamos, arrasto com o barco tudo que há dentro de mim. No momento oportuno subo em você, mar, com a ajuda desse barco, vou caminhando por você, mar, porque cansei de nadar e boiar no dia em que nos separamos, eu trocaria você, mar, para que ele voltasse para meus braços.

Vou seguindo decidida para onde nossas vidas se interromperam. Tudo é o escuro da noite que começa a se desmanchar ao nascer do sol, o céu tem as muitas cores de meu interior. Olho convicta para o espelho d'água quando o barco para, com minhas roupas molhadas de todo o esforço para levá-lo até ali, olho com atenção, observo algumas embarcações que já deixaram a praia, os homens a lançar suas redes, essas redes que poderiam trazê-lo para mim. Não posso cuidar desse filho sozinha, eu deixei que ele vingasse pela certeza de que você estava a caminho. As ondulações das águas balançam meu corpo sobre a carcaça de madeira; estendo minha mão, toco-a e deixo que ela me envolva como uma língua.

Afundo lentamente, a barriga é um peso, uma respiração. Há mais luz para que eu veja o que está à minha volta, tudo que eu quero é te encontrar. Desço cada vez mais, você não aparece, desço, desço, até que meu corpo, sozinho — queria permanecer descendo —, toma um impulso para subir, para respirar de um só fôlego tudo que não havia respirado desde que cheguei aqui, desde que nossos sonhos ruíram nesse lugar de mentiras.

Um barco com dois homens se aproxima, um deles se lança à água para me ajudar, não sei dizer em sua língua que preciso

descer para o fundo, que preciso encontrá-lo, que meu desespero é grande e que eu não posso mais ficar esperando até que
você queira aparecer, queira estar comigo. O pescador arrasta
meu corpo até o barco de onde saltara, falam muitas coisas que
não consigo compreender, um deles sobe no barco que retirei
da areia, e os dois barcos voltam para a praia, comigo, banhada
de mar, sem nada para me aquecer, qualquer coisa para consolar.

Nosso filho nasceu e eu vejo nos olhos dele o reflexo dos seus.
Passo alguns dias sem ir à praia, e, num dia de sol, sigo ao seu
encontro. Vou apresentar nosso filho, mar, porque ele é seu filho também. Eu o levanto e seus olhos se fecham pelo dia iluminado em que estamos. Apresento meu filho ao seu pai, na
língua que eles falam e que aprendo aos poucos, o mar é mas-
culino. O mar é seu pai, digo ao meu filho, e não faço muito
esforço para que ouça o barulho das ondas que quebram aos
nossos pés. Ele me trouxe até aqui e a você também. Ajoelho
na areia, espero uma onda chegar quieta como uma manta
que recobre nossos corpos, pego um pouco d'água, molho a
moleira dele, vejo pequenos cristais de sal brilhando em sua
fronte. O mar me irrompeu como um grande fluxo e gerou
você. Irrompeu ora sereno, ora violento. Ele me acompanhou
em meu passado e me acordou por muitas manhãs na nova
terra, que agora será sua terra, para me trazer a esperança da
chegada, mar.

Doramar ou a odisseia

De repente, um calafrio tomou conta de Doramar, quando entrou pelo corredor e chegou ao patamar da escada que desceria. Emanava dali um odor fétido, cheiro de lixo de qualquer matéria que apodrecia ao calor e no despontar das horas que aproximavam o fim da tarde. Apressada, ela pulava os degraus para antecipar sua viagem às profundezas do dia. De dois em dois saltava, os pés em desequilíbrio, o corpo jovem e esguio, os brincos em desalinho.

No fim do lance de escadas, quando já conseguia observar a tarde findando e sentir o sol que se esvaía, o vento preenchendo a noite, manso e sempre, Doramar voltou para dentro do edifício do qual estava saindo. Num canto escuro, tremendo de dor, estava um cão encolhido em seu próprio corpo, com uma orelha despedaçada, a carne viva, pulsando, dilacerada, e as moscas sobrevoando seu alimento. Só então Doramar entendeu o odor que sentia desde lá de cima, de onde saía para encontrar a vida, os afazeres do dia, tendo agora sua ordem abalada pela morte que a rondava.

Olhando o animal, ela pôs a mão na boca, como quem segura o vômito que o impacto daquele encontro produziu. Os olhos estupefatos, um pequeno desespero, sem gritos, sem grandes emoções, Doramar descobria naquele fim de tarde a vida não programada. Pensou em se aproximar, mas logo se conteve: o medo da morte, das escolhas, o imprevisível rompia a rotina.

Aquele animal precisava de ajuda. Talvez necessitasse do alívio repentino da morte. Mas ela chegava lenta, desfeita em dores e arrepios. O que Doramar poderia fazer? Nada fez para interromper o ciclo da vida. Não abreviou nem um segundo daquele tormento.

O trânsito continuava lá fora, a fumaça dos carros, a buzina, as freadas bruscas. Os ônibus cheios. Doramar já não sabia por que, em seu fim de tarde, havia aparecido um cão moribundo, encolhido de morte, que certamente sofria, tinha febre, que tremia de medo e de dor, não sabendo o que o esperava.

Saiu pela porta com os olhos fixos no cão. Para onde seguia depois daquele encontro, envolvida em qual lembrança? Avançou para o jardim, pensou em sentar-se para ter uma ideia do que seria possível fazer. O certo seria avançar para a cidade, mergulhar nas ruas, esquecer a tarde, o banho tomado, as cores no espelho, a casa limpa. Talvez fosse preferível embarcar no lotação, no espanto que havia da porta para fora, a ter de fazer algo por um cão quase morto, um ser que nada era, porque já morria. Apenas uma lágrima e seguiu para esquecer.

Um portão enferrujado era o portal para o mundo possível de Doramar. O que ela esperava de um fim de tarde? O que pensava em fazer? Antes de tomar banho, de se refrescar no chuveiro frio do banheiro das dependências de empregada, de se entender no espelho, tocar a face com as cores discretas de uma pintura, de olhar a casa perfumada e ordenada, ela tinha um plano, um encontro, que havia esquecido diante do inesperado. Entre o cão e a morte, entre Doramar e a cidade, preferiu partir, sem lembranças, com a imagem do animal que a lançou para um encontro consigo mesma.

Por um instante pensa na casa arrumada, em seu trabalho de servir a uma família, no chão limpo, nas roupas passadas, na comida feita, na mesa posta, no telefone atendido, no amanhã, no depois do amanhã. Estava distante, a alguns lances de escada de sua obra diária.

Ela atravessou o portão e seguiu para esperar o ônibus. Sentou-se numa mureta, pensando distraída em tudo que sentia, decidida a não voltar. Doramar abaixou a cabeça, porque foi tomada por uma leve tontura e pela vontade de fugir para longe, aonde não pudessem encontrá-la. Do outro lado da avenida, via a favela crescer, as casas numerosas, homens, mulheres e crianças que subiam e desciam as escadarias. Via também as arraias empinadas, os meninos sorrindo e o movimento que percorria o morro.

Sem recordar o que deveria fazer, pegou a primeira linha de ônibus que apareceu, tentando encontrar a Doramar que se perdia todos os dias, esquecida em algum lugar da cidade.

As luzes dos postes começavam a se acender, entre as árvores mortas, as gramas semeadas, o asfalto carregado de sons e cores, as lanternas vermelhas, amarelas e brancas, o som dos motores, a cidade. Havia no ar o odor emanado da escada, o animal deixado para trás, sem ajuda, abandonado à solidão do fim. O tom do céu era sereno, as nuvens cinza, esgarçadas, em despedida para algum lugar da atmosfera. Construções sem fim brotando do chão como cogumelos. Doramar pensou de súbito nos bolinhos de barro que fazia na infância no quintal de casa e de como aqueles bolinhos decorados com as flores da trepadeira enchiam de ternura o olhar de dona Santa, pequenina e encurvada, cabeça branca e pele negra, vestida de branco, que morava numa casinha do outro lado da rua. Não pensava nela com frequência, nem em sua paz, nem em seus conselhos. Mas a cidade transformada a lançava nos descaminhos, no regresso, ao encontro de dona Santa no fundo de sua memória. Não se lembrava ao certo de quando partiu, de quando se retirou da rua e da vida, de quando viu sua casa se fechar para nunca mais se abrir. Casa sem eira nem beira, o telhado de limo velho e o pé fino de carambola que resistia em seu quintal.

Era uma ruazinha de nada, tão curta, a varar nos pés de um dos muitos morros da cidade. Era apenas um dos lugares pelos quais passou durante a vida. Fechando os olhos, voltou à paz das feiras, da calçada em que caiu e quebrou dois dentes de leite, do armazém de secos e molhados, da verdureira, da baiana e seu tabuleiro de acarajé, arriando todo fim de tarde na rua em que vendia seus quitutes, os bolinhos de Iansã. Arriava sete bolinhos menores, Doramar contava segurando a mão da mãe, à espera do momento de comer sua cocada.

Abria os olhos, a memória vinha difusa, se dissipava, para onde ia Doramar? Para onde iam seus pensamentos? Por um momento, pensou no assalto do ônibus coletivo há alguns meses. As mãos adormeciam quando o perigo vinha à lembrança. Sentia medo. Ela deu o sinal para descer do ônibus. Descia para voltar.

Voltar para onde? O cão haveria de estar lá, expondo a morte. Doramar teme a morte, pois não sabe o que ela é. O vendedor de discos piratas, o som alto, o mercador de perfumes falsos, a barraca de milho cozido pincelado de margarina para saciar a fome dos trabalhadores. Ninguém se olhava, ninguém se ouvia. Sentou-se numa caixa de cerveja que estava ali por perto.

As pessoas corriam para os ônibus e ela respirava ofegante, esperando que aquele momento passasse. Revirou a bolsa que carregava, mas só havia papéis, notas fiscais, uma caderneta velha, antigas anotações, um pequeno espelho e uma colônia.

Pensou na moradora de rua que não sabia o próprio nome, deitada sob a marquise do ponto de ônibus. Sempre querendo conversar, ralhando com os meninos que cheiravam cola e roubavam suas moedas. A rua era sua casa. E ela dizia tudo que pensava para si mesma. Quando a abordavam para compreender suas razões, ela pensava, refletia e dava uma resposta sem sentido para quem ouvia. Todos os dias, quando seguia para pegar a condução para casa, Doramar a observava. E se recolhia como costumava fazer no tumultuado mundo que lhe escapava do pensamento.

Pensava na mulher, às vezes sem cabelo, quando a levavam para algum sanatório. Passava semanas desaparecida. Quando voltava, retomava sua vida, seus lençóis usados, seus papelões que serviam de cama, suas sobras de comida. As roupas sujas, um olhar de esquecimento e um sorriso que ninguém poderia dizer que não era um sorriso.

As pessoas andavam e não percebiam Doramar acuada na tarde que se dissipava. Passava a mão pela cabeça tentando encontrar o equilíbrio que a fizera correr do cão e descer do ônibus.

Olhou para o céu em busca de uma única estrela, e encontrou apenas a luz amarela de um poste. Onde teriam parado as histórias e estrelas de Doramar, que ela contava com suas irmãs, em casa, nas noites sem chuva, na escuridão do quarto de dormir? Já não se viam estrelas, eram os neons, as luzes dos carros, os centros de compras, os ônibus, as praças com iluminação cenográfica, do chão para o alto. Mas nada das estrelas. Ficava com as luzes dos postes para guiá-la, então, a um destino não escolhido. Levantou-se e subiu em mais um coletivo, tentando seguir seu próprio caminho. Mais uma vez Doramar seguia, segurando-se às barras do ônibus, encaixando-se nos espaços possíveis do lotação. Doramar, outra vez, a empregada doméstica cansada de seu trabalho. Fechava os olhos de novo para tentar encontrar o que não sabia, o que havia ficado para trás.

Doramar seguia disposta a não voltar. Não era possível enfrentar mais um dia. Era apenas um cão que não importava, a carne dilacerada e viva, a chaga aberta. Tinha a dimensão do trabalho diário, da vida e da morte nos morros da cidade. Tinha a lembrança do que era a fome, do que era pedir aos motoristas parados nas sinaleiras. Sabia o significado de um polegar para baixo, o indicador de um lado para outro. Para os moradores da cidade alta, ela era a mulher que servia para limpar os vasos e preparar o jantar.

O ônibus descia o viaduto em grande velocidade depois de romper a barreira do engarrafamento de veículos. Quanto tempo o veículo passou engolido pelos faróis e pelas buzinas no escuro da noite? Quanto tempo Doramar segurou com as mãos calejadas a barra de ferro que a mantinha em pé? Quantas correntes de ar romperam as janelas no deslocamento do ônibus, a agitar cabelos e o dinheiro nas mãos do cobrador?

Um túnel e as luzes amareladas não amenizavam a escuridão da noite. Sem rumo, os homens passavam ao largo do ônibus, caminhando para os confins da cidade. Doramar via o mar, os moinhos, os silos, o porto, o cais, as pequenas luzes das embarcações atracadas na baía. Olhava os edifícios altos, as pessoas caminhando em passos rápidos para suas casas.

Doramar se aproximava da porta dianteira para descer do ônibus. Cercou com seus olhos o campo de futebol, envolto em arame, vazio naquela noite. Recordou-se de que anos antes passava por esse mesmo campo, pela mesma hora, quando havia jovens nas disputas de futebol. Veio a imagem da infância, a vontade de participar dos jogos, e dos meninos que o permitiam em troca de um beijo. Divertia-se assim, escondida na amendoeira, por trás do tanque, as mulheres das famílias na lavagem da roupa, batendo as peças na madeira, torcendo-as com a força dos braços. Ela saía escondida para jogar bola com os meninos e beijar cada um, depois, em troca.

O primeiro beijo foi com um jovem forte de peito arqueado e pernas finas. O jovem pediu um beijo quando estavam atrás da amendoeira. Os lábios eram salgados de maresia. De todos, ele era o mais forte. Ajudava o tio na oficina. Sujava-se de graxa durante a semana, deitava-se no chão, estirado num papelão. Doramar viajava, então, pelas recordações da cidade baixa, de quando ele passava por sua janela.

A mãe dele era empregada numa casa na cidade alta. Não sossegava com a violência que crescia em seu lugar. Depois que o rapaz já não podia mais estudar de dia, por causa da idade, foi matriculado no curso noturno, mas ainda assim ela o esperava à porta, enquanto conversava com as vizinhas, falando da vida alheia, das mudanças, da violência cada vez mais próxima. A mãe não queria que ele tivesse a mesma vida de mulher analfabeta, que vivesse a vergonha de não saber ler, de precisar pedir que lhe lessem o letreiro da condução.

Era uma mulher como Doramar que morava nas margens da linha do trem. Quantas vezes havia descido a encosta, com os meninos, para as palafitas, para a casa do velho pai, fugindo do marido bêbado, da violência? Quantas marcas de violência viu Doramar, ao lado da mãe, em sua juventude, as mulheres que a mostravam, por vezes a escondiam, mas depois vinham novamente para o trem, para os ônibus e para os barcos voltando com as crianças, as roupas que traziam para o lar desfeito diante do arrependimento dos maridos, que tornariam a beber no próximo fim de semana?

Passava agora pela rua em que havia morado. Quantas vezes tinha mudado, os pais fugindo do aluguel alto, indo mesmo viver na maré, a maré da baía, entre o lixo e os mariscos, nas ruas erguidas no mar e no repouso que vinha da brisa à noite, avançando para a montanha e os edifícios altos como torres?

A maré havia sido sua casa; o lixo, o esteio; o marisco, o alimento. Muitas vezes Doramar partiu com as irmãs para a beira do mar, nas praias do subúrbio, com colher e latas vazias de leite em pó para cavoucar a areia em busca dos mariscos que matavam a fome. Cavavam onde a areia suspirava. Os lenços coloridos nos cabelos das mulheres da maré, as latas, colheres e sacolas brilhando à luz. E no fim de tudo, o banho de mar.

Com a cadência no andar, os cabelos mareados de areia, as crianças seguiam as mulheres, com as latas cheias de mariscos. Depois, lá ia Doramar para a cozinha, ainda de maresia, lavando-os na água de uma bacia, a mãe cuidando da casa, as irmãs divididas entre as tarefas do dia.

Passa agora pelo varal do quintal, recolhendo a roupa seca, o movimento das nuvens, o prenúncio de chuva. O beiral da casa, os olhos úmidos, a água que lava a maré de lixo, das garrafas, dos sacos, das madeiras e piaçavas velhas. A rua flutuava nas águas, as nuvens traziam a chuva. Um vento mais forte ou uma tempestade poderia fazer seus barracos caírem, esvaindo-se com suas vidas.

Um dia, o menino, feito homem, apareceu com um Puma amarelo, velho, e a convidou para sair. Doramar saiu escondida da mãe, mas não estava só, seguia com duas vizinhas. Entre sorrisos e brincadeiras, eles se dirigiam a uma praia nos limites da baía. Entre eles nunca existiu namoro nem paixão, mas a cumplicidade que cabia no olhar.

O mar da baía, em seu verde vivo a flutuar no horizonte em francas repetições, misturas de areia e água, os corpos brilhando em cores, tons. Estações que ocupavam a via-crúcis de Doramar.

Na volta, quando o carro deixou as moças em casa, sua mãe se encontrava à espera na janela. Doramar disfarçou e entrou, tentando recompor a roupa molhada. Dias de castigo se seguiram, até chegar o maior deles: a notícia de que ele havia sido preso em posse de um carro roubado.

Na rua, todos falavam da prisão, a mãe dela a praguejar, o pai bêbado também a lhe jogar na cara a má companhia. Doramar, envergonhada, sem saber o que fazer e pensar. Imaginando os castigos pelos quais ele passaria na prisão. Todos tinham um palpite para dar, todos faziam seus próprios julgamentos nos tribunais das ruas. "A prisão estava tão perto das nossas vidas", pensou, "por que ele fez isso?"

A mãe dele foi imediatamente para a delegacia, resgatando o que tinha de economia, pedindo aos vizinhos, implorando meses de salário adiantado aos patrões, que aceitaram com má vontade. Mentia dizendo que uma prima vinda do interior precisava de exame caro. Levantou o dinheiro da fiança, levou-o de volta para casa. O irmão menor a olhá-lo, e ela, sentada no banco na porta do quintal entre galinhas e pombos, chorava. O filho, Doramar soube, chorou jurando que não havia sido ele. Contou a história de que fez um favor a um amigo, que pediu para que ele cuidasse do carro enquanto resolvia coisas de trabalho. Estava com o corpo machucado pelos dias de prisão, das surras que havia levado para confessar, da tortura, um corte pequeno na cabeça.

Doramar ergueu a cabeça porque passou à sua frente um sopro: um cão atravessando a rua, desviando dos veículos lentos por conta dos obstáculos. Fogos de artifício explodiam no céu, não como sinal de festa, mas como alerta de que a polícia estava se aproximando de algum ponto de drogas.

Então, logo depois que partiu, ela soube, ao encontrar sua mãe e as irmãs, que ele, agora homem-feito, havia sido preso por porte de arma e tentativa de assalto a uma loja no bairro do Comércio. Tudo acontecera havia mais de um ano e ele estava de novo no presídio.

Voltando de uma entrevista de emprego, encontrou a mãe de Pito. Doramar a abraçou e fingiu nada saber. A mulher não tinha notícias do pai dos filhos, estava sem emprego, era mãe de um presidiário. Havia enfrentado, um ano antes, uma tuberculose, passara dias internada, algumas poucas vizinhas tinham ido visitá-la, levando roupas limpas. Ainda estava em tratamento, tomava remédios, mas sentia-se melhor. Agora procurava trabalho de novo. Doramar queria notícias especialmente dele. Sentada no banco, à espera do ônibus, ela contava como era sua rotina para visitar o filho aos domingos. Da comida que arranjava para levar. Às vezes, levava revistas que as vizinhas, também empregadas domésticas, lhe traziam das casas em que trabalhavam, com meses ou anos de atraso. Evitava falar das humilhações da revista íntima para entrar no presídio. Detinha-se apenas no quanto o filho sofria e de seu medo de morrer na prisão.

Doramar sabia que a mulher peregrinava por ladeiras e escadarias, sem dinheiro para a passagem do ônibus, sem saúde para fazer mais, tentando a todo custo tirar o filho de lá, temendo por sua vida.

Quantas portas lhe foram fechadas pelo caminho, e quantos caminhos diferentes poderia ter trilhado? Já não conseguia mais ver a cidade alta, nem suas encostas, as casas com dois ou três andares a impediam, por ocuparem seu horizonte. Aqui, as famílias construíam suas casas no ar, sobre o mar, sobre as famílias. Pessoas se amontoavam sem espaço, próximo aos fios de alta tensão, à luz amarela dos postes, em seu caminho de céu sem estrelas.

Doramar parou, estendeu a mão para bater à porta. O que teria acontecido a todos?

Voltou a mão para seu corpo, baixou a cabeça até as frestas da portinhola, da pequena janela, e não via luz. Pelo limo acumulado no telhado, muitos invernos tinham se passado e já não havia mais ninguém. Doramar passou a mão na cabeça, sentindo que as vidas se findaram.

Havia algum tempo ela tinha telefonado para a mãe, que já não vivia ali, mas num lugar não muito distante, à beira da linha do trem. Recebeu a notícia. Alguns anos depois daquela tarde em que a encontrou — a mulher sentada na beira do cais do porto aonde chegavam grandes navios estrangeiros —, o filho deixou a prisão. Voltou para casa e, sem trabalho, perambulou pelas ruas. Ele passou então a praticar assaltos a ônibus. Certo dia, Doramar leu uma notícia num jornal em que embrulhava uma porção de tempero verde. Uma nota com o nome completo dele. Havia sido preso nos dias de Carnaval, com uma arma, suspeito de assalto a um ônibus.

Do telefone público, ouvindo os toques dos créditos das ligações semanais que Doramar fazia para ter notícias de casa, escutou os lamentos da mãe, sentindo o mal-estar de sua voz. Havia algum tempo o contato tinha escasseado. Daquela vez, a mãe contou de Pito e noticiou sua morte, sentenciada havia muito tempo por todos que o conheciam. Doramar emudeceu ao telefone, triste, desnorteada. Talvez a mãe não soubesse dos beijos, talvez não recordasse mais o passeio para a praia no Puma amarelo. Sentia-se tão incapaz diante daquela notícia, e com as palavras que ouvia, foi recriando o fato como uma novela triste.

Numa manhã de domingo, naquele dia em que as coisas não despertam de uma vez, mas aos poucos, à medida que o sol se levanta no horizonte, a porta, de soleira baixa e madeira antiga, foi arrombada. O avô foi empurrado pelos policiais que entraram na casa num rompante de fúria. A mãe pediu pelo perdão ao filho, prometendo-lhes que ele não iria mais errar, que encontraria trabalho, levaria outra vida. A vizinhança, revoltada com os assaltos que ele praticava, servira-lhe de algoz. A mulher recebeu um soco e caiu no chão. Ele havia urinado nas roupas e estava debaixo da cama, de onde foi arrancado com brutalidade. Foi arrastado, chorava e chamava pela mãe. Ela gritava ao filho: "Meu Deus! Meu Deus!". Enfiado no porta-malas da viatura de polícia com violência, quebrou o maxilar. Assim, ferido, foi retirado do carro trezentos metros à frente, no mesmo campo de futebol em que jogava na infância e que vivia nas lembranças de Doramar. Do camburão, navio negreiro, foi lançado ao chão. "Treze tiros, enquanto uma bala só bastava, o resto era prepotência, era vontade de matar." O que ele terá pensado naquele instante? Talvez desejasse voltar para casa e trocar a roupa molhada. Talvez ainda pensasse na vida, num trabalho de vendedor em algum shopping ou de mecânico de automóvel.

Doramar sabia que ele não havia pensado em nada disso. Pensou apenas em sobreviver.

Segurando a bolsa, o braço junto ao corpo, em frente à portinhola de onde ele provavelmente fora arrastado, Doramar revivia a guerra que não se conta. Uma luz se acendeu. A porta se abriu. Diante do espanto, pensou que estava equivocada, que sua mãe estava errada, que tudo aquilo não passava de um boato. Um homem velho e encurvado se aproximou, perguntando quem ela era. Doramar reconheceu o avô do menino.

Percebeu seus traços na face velha e marcada pelas dores do mundo. Por um instante, os dois pareciam ser os únicos habitantes da Terra, paralisada em sua rotação. O velho esperava o Tempo. Sem reconhecer a face da criança que virou mulher, queria entender o porquê da visita inesperada, temendo qual dor entraria por sua porta. Ela estendeu a mão, falando com voz trêmula.

"Sou Doramar."

Doramar: cabe um mar inteiro em seu nome.

Meus pés se arrastam sobre o cascalho da rua e, se a manhã era de sol, agora as nuvens começam a se fechar como um véu escondendo o céu. Eu carrego uma sacola, para que é mesmo essa sacola?

Acordei muito cedo. O galo não cantou e eu estava em meu quarto de dormir, uma caixinha sem janela que chamam de quarto, quente como a brasa da fogueira. Levantei passando a mão no rosto, o terço no chão, deve ter caído enquanto dormia, minha mão pendia ao lado da cama e o calor me fez levantar. Abri a porta para que corresse algum vento para dentro do quartinho: "vem, vento, corre por aqui", foi a primeira oração da manhã. Fui para o banheiro lavar o rosto, banheirinho de azulejos velhos e descorados de tanta lavagem, aquele banheiro que não fica muito longe da cozinha. Lavei meu rosto, vi minhas mãos ressequidas e fui preparar o café, acordada, mas com o sono dentro de mim. Na chaleira já havia água porque me lembro de tê-la enchido na noite anterior. Ah, noite, tão curta foi essa noite entre os latidos dos cães de orelhas putrefatas e o morno do tempo em meu quarto de dormir. A maré de água agora ondulava solta em meu ouvido, escuto a maré, a maré que ondulava em minha casa quando eu era menina, a maré onde eu me banhava nos fins de tarde. Ah, tarde! Que saudade eu tenho da tarde quando ainda nem nasceu o dia, e sacudi a cabeça para que a lembrança da maré fosse morrer em outro canto, mas a maré continuava, ondulava estranha, mar, mar, e a água continuava a ondular viva em meus ouvidos. Cheguei perto do cobogó da área de serviço, vendo a rua entre os quadrados, e vi que todos ainda dormiam, a maré estava muito viva, e, como ela não parava com os marulhos, voltei ao fogão. Para que é essa chaleira, mesmo? Não consigo lembrar. Alguém pediu chá, não, não, é a água do café, mas de onde vem esse som de água que movimenta a maré no fundo de minha casa, mar, mar, no fundo de minha alma, e a porta do banheiro estava aberta, e a torneira estava aberta, fechei a torneira e o som da maré se fechou com ela. Havia esquecido a torneira aberta. Voltei para o fogão porque o dia está nascendo, a luz alcança a cozinha e a água vai chiando na chaleira. Pego o pote do café moído e me ponho a coar. Fecho a garrafa térmica. Daqui a pouco a dona e o senhor acordam... Os filhos...

Olho para a folhinha na parede, é "Sexta-Feira da Paixão", "louvado seja Nosso Senhor", minha mãe me diz, a voz de minha mãe por um minuto ocupa o lugar do som da maré, e eu me sento à mesa da cozinha, olho para a porta esperando que alguém chegue para pedir algo, pedem um copo d'água, pedem um prato e uma faca para cortar uma fruta, pedem para que eu lave o prato, pedem os sapatos que estão na área de serviço, pedem que eu diga onde está o casaco, pedem uma toalha de prato, pedem uma vela e uma reza, pedem que eu varra os farelos de algo no chão, pedem que eu passeie com o cão... Meus olhos estão voltados para a porta e minha mão alisa a toalha da mesa. Estou sentada e minha mão alcança um papel dobrado e duas notas de dinheiro. Olho o papel e as letras, olho para o dinheiro, lembro que a dona deixou o dinheiro e a nota para comprar os peixes e os temperos na feira para preparar o almoço. Vinte e muitos anos nesta casa. Ainda bem que não esqueci. Preciso me apressar para que o almoço não fique pronto tarde e a dona não me chame a atenção. Vou trocar a roupa, volto para o banheiro, "não abra a torneira para não esquecer aberta", minha mãe me fala, e sua voz só não é mais forte do que o mar em que eu era menina. Minha mão sobe para o cabelo, ajeito os grampos acima de minha orelha. Meu cabelo tão branco, eu vejo, e quando eu era menina meu cabelo era preto, mas agora está branco e minha mãe vai reclamar se eu não o pentear. Toco a torneira, abro e fecho, abro e fecho, abro e saio do banheiro, o som da maré volta à minha memória, o cão me olha, a cabeça de um lado, a cabeça de outro, minha mão toca sua cabeça. O cão tem uma orelha podre, ele me acompanha há muito tempo. Ponho o dinheiro no porta-níquel, que enrolo dentro do papel no qual está anotado o que preciso comprar, abro a porta da sala, o cão me olha, seu corpo fede, fecho a porta da sala, começo a descer as escadas, "ah, a sacola da feira!". Volto para pegar a sacola, "como vou trazer as coisas sem minha sacola?", volto para a cozinha, o cão me segue, procuro nas gavetas do armário, procuro na geladeira, "na geladeira?". Fecho a geladeira. Procuro no quartinho de empregada, meu quarto sem janelas, procuro na bacia de roupa, procuro dentro da máquina de lavar. Minha cabeça coça, o mar cheio invade minha cabeça, é o som da maré, a dona pediu para comprar o peixe, vou para o fundo de casa, nas palafitas, para buscar o peixe na maré que não vai embora, olho para o céu que é o teto branco da casa de meus patrões: "Deus, onde está a sacola?". A sacola está bem acima de meus olhos, pendurada no varal, roçando minha cabeça. Volto para a porta e o cão me olha, eu olho para a fome do cão, então abro a geladeira e há sobras do jantar, agacho ao lado de sua tigela e despejo os restos lá dentro com minhas mãos, o cão lambe meus dedos, lambe meu nariz, eu limpo os dedos na roupa, mas não sei se esse gesto salvará sua vida. Fecho a porta, minha mãe não me pediria que fechasse a porta, porque lá quando eu era menina éramos livres e agora eu sirvo meus patrões que não me dão descanso. Olham para mim e dizem para os convidados que sou "como se fosse da família", e nada posso dizer.

Agora desço as escadas e encontro o portão da rua, a maré ficou muito longe, longe, já não escuto mais a maré, escuto agora os sons de uma rua que acorda, devagarzinho, lenta, acorda um, acorda outro, acorda um, acorda outro. Sigo com a sacola, meus pés estão lentos como o acordar do povo, eu seguro uma sacola, "para que é mesmo essa sacola?". Vou para o outro lado da rua, caminho à sombra de umas poucas árvores. O sol está forte e estamos muito longe do meio-dia. Nesse exato instante, já sinto saudades do som da maré. Vou andando e não há quase ninguém na rua, na outra rua e na outra rua. O silêncio do dia é grande. É domingo? É feriado? E vou andando pela rua, minha mãe me pediu para buscar peixe, mas a maré está longe de nossa casa. O que terá acontecido? Ah, mar, nem o escuto mais, agora pela manhã seu som era tão forte e vinha bem de perto, saí tentando encontrá-lo para apanhar o peixe. O sol se esconde por trás das nuvens e um vento sopra forte. Seguro meus passos porque o vento precisa seguir, o vento segue, ando, ando, e o vento segue.

Logo à frente está a barraca de peixe, o homem com o martelo e a faca que o divide em pedaços. As moscas sobrevoam os peixes, olho para o homem, mas ele quer apenas cortar, olho para a sacola e lembro que tenho de comprar o peixe. Pego o porta-níquel e separo a nota da compra, o dinheiro. Olho para o homem e pergunto, "moço, que peixe tem aqui?", e lhe entrego o papel. O homem olha sem entender e sacudo mais o papel à sua frente. Olho o papel e não sei mais ler, espero que o homem leia para mim. Ele deixa o martelo, a faca, e segura o papel com as mãos de peixe, ele fala e de sua boca sai o som da maré, não consigo entender, mas ele embrulha dois peixes num jornal e eu os enfio na sacola junto com o papel. Dou-lhe então o dinheiro e volto pela rua. Ele grita me chamando, diz que eu tenho troco. Eu volto, pego o dinheiro. Ando pela rua, algumas crianças passam por mim, meus irmãos, tento dizer que estou voltando com o peixe para o almoço, mas eles não escutam, e paro porque estou um pouco cansada. Meus pés doem. A rua agora se divide e eu não sei muito bem onde estou. Ah, mar. Diminuo os passos para que meus pés cheguem ao seu destino.

Estou viva no meu silêncio.

No final, a rua se divide: uma rua de pedra que leva a outras casas, uma rua de chão e com árvores que talvez me leve para a mata. Minha mãe me chama do meio da mata. O vento agora se faz forte. As nuvens escurecem. O vento passa enxugando o suor de meu rosto. O vento, o vento. Sacode forte as folhas das árvores que caem sobre mim. As folhas caem. O caminho vai se cobrindo de folhas, mantos de pitangueiras para cobrir o chão da Paixão. Meus pés estão cansados. Sento numa mureta de pedra. Deixo a sacola no chão. Olho para o jornal que embrulha os peixes. Olho para o céu, as folhas continuam a cair. "É céu de chuva, tira a roupa do varal", é a voz de minha mãe. Olho para um lado, para o outro, não vejo varal. Tiro os sapatos velhos porque os pés me doem.

Um gatinho chega quieto, miando baixo, cercando a sacola com os peixes. Quer o peixe, pobre gatinho magro. Carrego o gato em meu colo, acaricio sua cabeça, ele continua miando. Outro gato se aproxima em passos ligeiros. Enrosca-se em minha perna, cheira a sacola com o peixe. O gato em meu colo pula para o chão. Eles têm fome. Eu já senti fome. Continuo a sentir fome. Mais dois gatos saem de trás de uma moita verde e vêm até a sacola. Deixo meus sapatos fora dos pés por perto.

Vou jejuar. Desembrulho o jornal que enrola os peixes e os ponho no chão para que os gatos possam se saciar. Eles se apossam dos peixes que lhes curam da fome. Levanto e sinto meus pés tocarem o chão de terra. Espero minha mãe chamar. Doramar. Doramar. Ah, terra! Ah, chão! Esquecer é a liberdade. Sinto as primeiras gotas de chuva chegarem à minha cabeça. Ah, chuva! Era o calor morno do quarto, as trovoadas do outono que estavam chegando. "Os cambueiros", minha mãe diz. Continuo a andar devagar. O chão vai se desfazendo em água. Meus pés amassam a lama. Meus pés marcam o caminho. Vou encontrando as árvores. Vou encontrando a água. Vou encontrando o abrigo. Vou tecendo minha cama no chão de lama para descansar da vida. Para poder deitar e dormir.

Voltar

Dessa vez, José integraria a missão. Depois de duas tentativas fracassadas da equipe do consórcio da hidrelétrica em contatar a senhora que habitava o grotão da floresta para convencê-la a aceitar a parca indenização e deixar o casebre onde vivia, ele acedeu ao encargo de voltar com o restante da equipe para explicar de forma técnica — "será que uma idosa que nunca saiu deste lugar irá entender algo?" — o que ocorreria quando as comportas fossem abertas. Contaria que o país precisava gerar energia para gerar empregos, gerar dinheiro para que as pessoas vivessem com o que os senhores do mundo consideravam ser digno.

Gerar, gerar, gerar...

Ele falaria de geração para ela.

José nem sequer conseguia disfarçar que estava irritado porque, se a senhora não fosse demovida da ideia de morrer ali, toda a fase inicial de produção da energia estaria comprometida, caso fosse necessário ingressar na justiça com uma ação de despejo. Sem contar com a comoção e a publicidade negativa que a situação poderia motivar, somando-se de forma inevitável a todas as outras que precisaram enfrentar durante os anos de construção da usina. Agora, ele — que era um dos engenheiros responsáveis — e uma assistente social, dois técnicos e uma antiga conhecida da mulher embarcaram numa lancha veloz para encontrar a "feiticeira", como ela era chamada de forma ambígua por seus consortes que já haviam sido transferidos para conjuntos de moradias populares na periferia da cidade.

Esses nativos, que indicaram o caminho para encontrá-la, tiveram, em alguma época, uma relação bastante estreita com a mulher. Era um laço de parentesco invisível, definido pelo ofício que ela exerceu nos últimos setenta anos — "setenta anos de trabalho, será isso possível?", ele perguntou, reafirmando sua descrença. Foram as mãos dessa mulher, antigas, pequenas e nodosas, mãos no entanto inexplicavelmente brancas, o primeiro espaço que muitas vidas que habitaram a floresta conheceram ao vir ao mundo.

Tiana, a velha comadre que foram buscar na cidade para tentar mediar a conversa, uma senhora também parteira, contava, entre os sons do motor da lancha e da água do rio por onde subiam, que a velha feiticeira acreditava ter sido parida pela terra, por não ter conhecido o ventre de sua mãe. Quando Tiana disse isso, precisou repetir e se calou por um tempo ao ouvir os risos dos homens, com exceção da assistente social, que se manteve interessada na conversa. Ela contou que a velha foi criada por uma xinguana, que não vivia aldeada. A velha índia a chamava de Maudigá, porque era branca como a lua. "Ela contava que essa índia que a criou a encontrou menina, sozinha, no meio da mata, nos restos de um acampamento de seringueiros", disse. A velha sempre repetia que suas mãos e a boca estavam cheias de formigas, e que só não morreu porque a xinguana, uma senhora idosa que habitava uma casa de madeira, abrigo de muitos filhos, crescidos e perdidos, e outros tantos netos, deu-lhe leite, mesmo já avançada em anos. "O leite veio como um jorro, era um rio", disse Tiana, "quando apertou a criança quase morta contra os seios. Era uma fome tão grande que chamou o leite."

Foi assim que a xinguana se tornou sua mãe, e no casebre de tábua onde mal cabiam seus filhos e netos, vivos e mortos, foi que "a velha cresceu e aprendeu o dom do parto". Certo dia, quando chamaram a índia para ajudar num nascimento e ela não pôde ir porque não se sentia bem para levantar de sua rede, Maudigá, sua lua, que andava com a parteira rio acima, rio abaixo, acompanhando os chamados para a vida, passou a ter o mesmo ofício da mulher que a salvou com seu leite, que jorrou forte ao sentir sua fome ancestral.

Ainda jovem, Maudigá passou a rodar a mata de casa em casa para ajudar nos partos. Fez jus ao seu nome e passou a se orientar pela lua para entender os dias em que as crianças chegariam. Foi assim que se tornou Divina, porque o povo da floresta, convertido pelos missionários, não conseguiu mais falar a própria língua.

Divina estava pronta para ser a mão que receberia as crianças, enquanto mulheres e Deus geravam a vida.

Rio, corredeira, barco a motor, pássaros, silêncio, mata fechada e clareiras com acampamentos de madeireiros e garimpeiros abandonados foram atravessados, enquanto seguiam para encontrar a pequena mulher que desafiava um mundo de água e concreto erguido a grande distância de sua casa durante a última década. José falava consigo mesmo, enquanto seguia absorto pela paisagem diante da ausência perturbadora de humanos naquele caminho, dizendo que tudo estava pronto para que a usina começasse a funcionar. A luz seria acesa nos lustres das grandes casas, das indústrias e dos centros comerciais a milhares de quilômetros de distância. A luz também se acenderia como um sopro qualquer na casa dos desterrados que deixaram a floresta para viver na cidade, nos lugares em que, eles próprios descobririam, ninguém mais queria viver, onde o abandono e a violência grassavam como pragas.

As duas últimas tentativas de contato foram recebidas com hostilidade por Divina, que, segundo os funcionários da concessionária, vivia em situação precária: uma casa velha de madeira estragada, sem reparos, e cobertura de palha. Habitava esse casebre com seu cão, sendo que todas as casas espalhadas em um grande raio já se encontravam vazias. Era só ouvir a lancha se aproximar que Divina ia para fora com seu machete enferrujado, o mesmo com que arrancava a capoeira baixa quando precisava seguir de um lugar para outro. Enquanto conversavam sobre as coisas que viam, Sônia, a assistente social, imaginava como uma mulher idosa poderia se manter num lugar tão abandonado, sem qualquer assistência, apenas com uma arma inútil. Como poderia sobreviver diante da cólera e da gana que cercavam as atividades dos madeireiros e garimpeiros, com suas armas de fogo e toda a violência usada para a exploração? Como poderia se manter firme, quase intocável, na solidão da mata?

Tiana estava com as costas cansadas, já não tinha mais idade para certas viagens, não aguentava mais nenhum movimento como o da lancha subindo a correnteza e dando permanentes solavancos que prometiam entrevar de vez sua coluna. Ela, que havia feito o mesmo caminho muitas vezes na companhia de Divina, parteiras, mulheres que liam as fases da lua, e que viveram andanças por terra e água para ajudar a trazer o povo ao mundo. Mas ela era agora uma mulher idosa e que não sabia como agir diante da promessa, feita meses antes, de não voltar à mata, graças ao desentendimento que tivera com Divina quando tentava convencê-la a ir embora. Tiana chegou mesmo, por falta de notícias da comadre a quem estimava como uma irmã, a ansiar que Deus cuidasse de sua teimosia, nem que para isso tivesse de levá-la para o Seu lado. Temia que Divina fosse devorada pela insistência de só sair dali morta. "Então que seja morta, na paz dos anjos, e não afogada por um mar de água", pensou. E seu coração foi ficando levemente aflito à medida que a lancha se aproximava da margem esquerda do rio.

"Se eu estiver certa, é ali", disse para Sônia, apontando a pequena faixa de areia com os olhos e um leve meneio de cabeça, enquanto se ajeitava de novo no banco.

Estava certa.

Desceram da lancha debaixo de uma chuva que caía de forma ruidosa, deixando o ar impregnado de um cheiro doce oriundo do rio. Caminharam assim mesmo, entre os pingos grossos d'água, porque não tinham abrigo além das árvores. Foi quando a casa, uma choça, cabana velha, surgiu no horizonte sobre uma pequena elevação de terra e rocha.

E o cachorro desceu feroz entre as veredas, latiu para os visitantes, até reconhecer Tiana e abanar o rabo, recordando-se de que eram antigos conhecidos.

Tiana empurrou a porta porque não via sinal de Divina. "Talvez esteja morta", pensou, e fez o sinal da cruz e uma pequena reza, pedindo a Deus compaixão para não vê-la roída por bichos ou vermes. Pediu que a equipe da usina aguardasse do lado de fora, acuados que estavam pelos latidos do cão. Entrou no vão onde estava pendurada a rede da comadre, na cozinha onde a brasa quente e acesa indicava que, sim, Divina vivia. Fechou os olhos e fez o sinal da cruz de novo, enquanto se esgueirava pela porta do fundo que dava acesso ao terreiro e à mata.

"O que é que você está fazendo aqui, mulher? Você não tinha ido embora?", Divina disse, aproximando-se por trás de Tiana.

"Ave-Maria, deu pra andar de fino agora?", Tiana voltou-se, assustada, mas sabendo que sua comadre desde sempre havia sido uma assombração. "Vim ver como tu estava, não tive mais notícias", desconversou, enquanto se voltava para o interior da casa.

Divina estava mais magra. "Pele e osso", Tiana pensou. Tão frágil que poderia ser quebrada em muitos pedacinhos. Suas roupas, feitas de camadas que talvez tivessem a função de protegê-la de um frio que não existia na umidade e no calor da floresta, cheiravam mal. Tecidos esgarçados, verdadeiros trapos, que conferiam a Divina um ar mais fantasmagórico. Ela passou os últimos anos sendo insultada pelas crianças dos garimpeiros, não pelos filhos que pegou em suas mãos, cada vez mais raros e "perdidos pelo mundo", como costumava dizer.

"Os homens da usina estão aí. Querem falar com você", disse Tiana sem levantar os olhos, por vergonha de estar ali.

Divina comprimiu os olhos. "Tu não veio me ver, Tiana. Tu veio me trair... acabar comigo. Eu não vou sair daqui. Não vou." E sua aparente fraqueza física se desfez num tom de voz que parecia um trovão. Divina retirou seu machete pendurado na parede e se dirigiu à porta. "Aqui vocês não entram, não vão me tirar daqui. Não vão."

Sônia avançou de forma tímida, "Só queremos conversar, tenha calma, não vamos fazer nada que a senhora não queira...".

"Saiam daqui", Divina brandiu, levantando o machete acima da própria cabeça. Sua fragilidade era apenas aparente. O braço fino erguia com a mesma força de um jovem a arma que usava para evocar sua autoridade sobre aquele pedaço de chão. E o cachorro, vendo sua revolta, pôs-se a latir ainda mais, mostrando os dentes na tentativa de acuá-los. Foi o machete que refletiu, em alguma fração conservada de sua superfície que não era nódoa enferrujada, a luz do sol que havia atravessado as breves nuvens de chuva. Uma luz cintilante, que brilhou aos olhos de José como se fosse uma estrela.

Divina voltou para o quintal e se encolheu diante do velho jacarandá; as pétalas de flores caíam havia dias, cobrindo o chão como um tapete mágico. Foi depois de lamentar, sem que lhe caísse uma lágrima, depois de se retorcer sobre o chão como se jamais fosse se levantar, que varreu com suas mãos as pétalas, deixando o solo desnudo. Deitou sua cabeça naquele ermo e repetiu que ele iria voltar, iria voltar, para que pudesse se redimir de todo mal que lhe havia feito.

Há muitos anos corri às pressas para a casa do fazendeiro. O capataz veio me buscar no meio da noite, com espingarda na mão, para ajudar a filha do homem, do dono das terras, na hora do parto. Só tive tempo de alcançar a tesoura e a garrafada. Quando entrei na casa-grande, onde nunca havia posto os pés desde que essa gente mudou para cá, lembrei que a lua estava minguante e me benzi. Fui levada para um dos quartos. Senti meu corpo estremecer quando avistei na cama uma menina, miúda, com seios que de tão pequenos pareciam ter brotado naquele instante. "É a menina", alguém apontou sem que eu pudesse me voltar para quem dizia. A mulher que cuidava dela olhava para mim como se dissesse "não pergunte quem fez isso". Pelos igarapés, o povo dizia que era uma família de meninos criados sem mãe, cuidados pelas empregadas da fazenda. "E o pai da menina?", perguntei. Foi cuidar da venda do gado na cidade. Durante esses anos de viver tanta parição aprendi que ser uma sombra que não incomoda é algo que esperam de você, sob o risco de darem um fim em sua vida se falasse demais. Quando levantaram o lençol e vi a cama empapada de sangue, soube que não vingaria. Era caso de atravessamento numa menina sem o corpo bem formado.

Tentei dizer que precisavam levar ela com urgência para o hospital da cidade. Estava pálida, fraca, não conseguia segurar minhas mãos e parecia perguntar ao espírito que andava ao meu lado: "Pai, por que o senhor fez isso, pai?". Eu não sabia se ela falava do pai ou de Cristo, Nosso Senhor. A criança estava coroando, mais um pouco, eu queria que a menina aguentasse mais um pouco… só que sua vida escorria por minha mão pequena, a mão que fazia movimentos para que a criança nascesse.

Não me dei conta de quantas horas passei ali e do "entra e sai" com tina de água quente, lençóis e orações. Alguém rezava alto uma ladainha. Eu mesma acompanhava a reza em meus pensamentos. O quarto era uma penumbra feita de sombras e luzes de velas, candeeiros e de gente que eu não conhecia esperando o desfecho. Foi assim que nasceu o menino. Nasceu em silêncio. Não chorou. No quarto, só escutávamos as vozes chamando por Deus.

Foi como se o fôlego da menina tivesse encontrado a criança na passagem para fora de seu corpo. Cortei o umbigo com a tesoura limpa. Com a mesma mão, fechei os olhos da mãe.

A mulher que acompanhava tudo retirou um dos lençóis limpos sobre a cadeira de palha e enrolou a criança. Iriam cuidar do enterro da mãe, já não precisavam mais de mim. Quando estava de saída da casa, a mulher o carregava no colo. Retirou um maço de dinheiro da gaveta de um móvel de jacarandá. Pôs as notas em minha mão.

"Não, dona. Faço pela graça de Deus, parto não se paga."

"Aceite, por favor. Preciso que a senhora leve a criança. Encontre uma família que possa criá-la", ela disse, me entregando o menino que continuava quieto como se estivesse dormindo. "O que se passou aqui, aqui fica", disse muito séria.

Não me deram a chance de dizer não. O mesmo capataz que havia ido me buscar no meio da noite de espingarda na mão me olhava com cara de poucos amigos. Ele conduziu a Rural de novo até minha casa e repetiu algumas vezes, no caminho, que eu levasse a criança para longe e não contasse a ninguém.

Quando me vi com a criança em casa, o dia já raiava. Antes que o sol aparecesse, veio a fome do menino, e com um grito ele se fez presente no mundo.

Naquele pedaço de terra onde Divina levantou sua choça, e que se recusava a deixar, no chão coberto de pétalas onde repousou muitas vezes a cabeça como se quisesse se redimir de um passado que insistia em maltratá-la, sob a copa do jacarandá iluminado pela lua alta, ela enterrou uma parte do malfeito e vivia seus últimos dias na esperança de poder repará-lo.

Mesmo com a ordem de encontrar uma família distante para a adoção da criança, Divina continuou alimentando-a com mingau de milho e a embalando em seus braços, alheia ao perigo que aquela permanência poderia significar. Apenas Tiana sabia da existência do menino, apenas Menino, era como Divina o chamava.

Mas a comadre sabia que eles voltariam para exigir que Divina atendesse às ordens, afinal, havia sido paga para isso. Divina parecia não acreditar que eles se incomodassem com uma criança que nem mesmo quiseram, tanto faz se estaria com ela ou com outra pessoa, o importante é que não estaria na casa-grande. Mas não tardou para que o capataz viesse exigir que ela desse um destino ao menino. Naquelas terras ele não poderia ficar. Se Divina quisesse criar a criança teria de ir embora, procurar outra morada.

Para onde ela poderia ir, uma mulher que nunca tinha saído da floresta, nem mesmo saberia viver fora dali? E as outras crianças, os filhos das comadres que havia carregado, a gente que andava por ali e por toda parte, e que fizeram de suas mãos pequenas a ponte entre o corpo da mãe e o mundo? Como poderia viver longe da mata, longe dos rios, da lembrança de sua mãe índia que a encontrou perdida, quase morta, num seringal abandonado? Não havia o que fazer, Divina se convenceu, e partiu para a cidade carregando o bebê adormecido em seu colo quente. Andou por trilhas, chegou à estrada e subiu num ônibus velho com destino à cidade: do lado de fora, a poeira levantada pelo deslocamento do veículo; por dentro, a paz do menino encostada no coração aflito de Divina.

Quando ela desceu no centro da cidade, vagou sem rumo, de rua em rua, os cabelos grisalhos soltos, uma névoa permanente que lhe cobria os olhos. Andou como se apenas caminhasse sem nenhum propósito, perdida entre o comércio e o movimento de pessoas, sem ser notada. Pegou o dinheiro que lhe deram e comprou roupinhas, fraldas, cueiros, sapatinhos. Perguntavam se era seu neto e ela dizia que sim, que a mãe tinha morrido no parto. As pessoas demonstravam compaixão. Divina seguia mentindo, desatenta, apaixonada. Sem rumo, agora sem dinheiro, com uma sacola de palha carregada de compras para o bebê, decidida a voltar para casa, catar suas coisas e partir para outro lugar. Andou tanto que parou, tomada de um mal-estar.

Estava suada, sentindo-se fraca, o rosto pegajoso, as palmas das mãos molhadas. O menino estava inquieto, precisava comer. Retirou o mingau frio da sacola. Depois de saciá-lo, viu-o adormecer. Uma mulher se sentou ao seu lado fumando um cigarro. Quando notou a criança, terminou por jogá-lo no chão, apagando a brasa com o sapato. Começou a conversar, estava enfeitiçada pelo menino, repetia a todo instante como era bonito. Contou que trabalhava na rádio do outro lado da rua e tinha saído para almoçar. Divina sentiu que, se iria seguir as ordens do capataz, aquela seria a devida hora. Precisava ser rápida, sem olhar para trás para não se transformar numa estátua de sal, como diziam os missionários.

Perguntou se a mulher poderia segurar a criança enquanto procurava um banheiro. "Claro", disse enquanto estendia os braços. "Tem um ali do outro lado, naquele bar", apontou, "peça que eles deixam a senhora usar." Divina atravessou a rua, a cabeça latejando. Entrou no bar, passou por alguns homens que bebiam e jogavam dominó. Perguntou ao senhor do balcão onde ficava o banheiro. Encontrou um lugar sujo e malcheiroso. Abriu a torneira para lavar o rosto, mas não havia água. Não, ela não poderia deixar a criança ali, saiu apressada para voltar à praça. Ao chegar à porta do bar, observou de longe a mulher com o menino nos braços, apaixonada talvez, como ela mesma ficou. Que vida ela, Divina, poderia dar àquele menino, vivendo em terra alheia e trabalhando sem descanso para os senhores das fazendas? Foi quando, sem muito pensar, decidiu se afastar enquanto não era procurada por abandonar a criança. Precisava voltar para casa, sentia-se arruinada pelo que havia acabado de fazer.

Dirigiu-se à estrada e caminhou até encontrar uma condução. Quando chegou ao casebre, recordou do umbigo do menino que havia caído semanas atrás. Estava guardado numa caixa de fósforo. Cavou um buraco perto do jacarandá jovem, um pouco maior que sua altura, agachou-se e o enterrou. Chorou até adormecer e, ao olhar suas mãos, quando acordou, teve a certeza de que havia envelhecido muitos anos.

No caminho para a cidade, Tiana contou, enquanto subiam o rio, que Divina se recusava a sair da floresta porque tinha feito uma promessa. Esperava por alguém que decerto não voltaria, mas ela não perdia a esperança. Sônia perguntou se era homem ou filho. "Homem", Tiana respondeu, "hoje ele é homem, mas já foi menino, seu filho. Não filho de sangue, mas Divina é parteira, já ajudou meio mundo de gente a vir para este mundo. É mãe de pegar menino, por assim dizer. E se apegou a um menino cuja mãe morreu no parto, mas Divina não pôde ficar com ele. Ela nunca se perdoou por isso, por ter permitido que levassem o menino embora", disse enquanto se aprumava para deixar a coluna mais confortável. "Ela acredita que esse homem irá voltar, porque ela enterrou o umbigo dele no quintal."

Na volta, José viajou mais próximo de Tiana e Sônia, e escutava tudo sem expressar nenhum sentimento. Ouvia as razões inescrutáveis de uma velha mulher que queria medir forças com uma imensa parede de concreto e a água represada que em breve cobriria tudo. Cobriria os animais, os insetos em seus afazeres cotidianos. Cobriria o jacarandá e o casebre onde ela vivia. Cobriria o umbigo do menino perdido. Cobriria histórias. Cobriria Divina se dependesse dele, porque a usina precisava gerar energia. Ele não tinha afeição a nada, aprendeu muito cedo a se desapegar de tudo. Terminou o casamento. Vivia afastado das filhas, com quem falava eventualmente ao telefone. Não fazia muito tempo havia perdido a mãe. Ela, que talvez fosse a mulher que ele mais quisesse bem em sua vida, morreu se "afogando", como dizia, por causa de um câncer no pulmão. "Afogada", como a feiticeira parecia querer morrer. E mais uma vez ele pensou como o mundo era injusto, afinal sua mãe tinha uma enorme disposição para a vida.

Ele acendeu outro cigarro e desejou que uma tromba-d'água levasse todo o passado de volta ao fundo de sua memória. Estava consciente de seu fracasso e de que a última coisa a segurá-lo em seu ambiente hostil de trabalho era o desejo de ver as turbinas girarem. Depois partiria, dando uma banana para o mundo. Mas antes provaria que nem tudo em sua vida havia sido fracasso, e, sim, ele tinha ajudado a gerar luz, que por sua vez geraria a riqueza que seu país destroçado tanto desejava.

Então, percebeu, não haveria outra saída a não ser o consórcio pedir a reintegração de posse da área em que a mulher habitava. Foi sua posição na reunião, contrária à de Sônia, que preferia negociar uma saída menos traumática. Mas ele esperava convencer a todos de que o que defendia era o necessário.

Assim, passaram-se semanas, e depois meses.

Transtornado pela falta de prazo para o atendimento da Justiça ao pedido de reintegração de posse, e temendo mais um fracasso para sua extensa lista, José pediu ao guia que o levasse de novo ao casebre da floresta.

Quando a lancha aportou na pequena faixa de areia, Divina estava sentada num toco de árvore sob a sombra de tantas outras que pareciam não se importar em nada com seus destinos. Apodreceriam debaixo do lago, alimentariam outras vidas, liberando moléculas necessárias a novos organismos vivos. Poderiam ser tóxicos, pequenos monstros aquáticos, afinal, por aqui já passaram formas parecidas. O mundo caminhava rapidamente para tornar sua superfície uma massa de magma primordial, protoplaneta, matéria cósmica sem vida vagando como sempre pelo universo infinito.

"Eu sabia que você voltaria, meu filho", ela falou enquanto baixava seu machete ao chão, recordando que não precisava mais se defender.

Ele, um homem que não sabia externar seus afetos, ficou mudo diante da recepção.

"Sente aqui", ela pediu, embora ele tenha continuado de pé, temendo seus sentimentos desconhecidos diante da fragilidade aparente daquela mulher.

Divina tinha nuvens nos olhos, uma catarata visível, que acabava por lhe conferir um aspecto mais frágil. "Eu senti que você voltaria, porque minha comadre Tiana esteve aqui faz pouco tempo", afagou a cabeça do cachorro deitado a seus pés. "Era um sinal. Eu te esperei por tantos anos, não poderia ir embora sem te encontrar de novo."

José sentiu seu corpo arrepiar. Ele, que havia subido o rio pronto para tratar aquela mulher como tratava a todos que o desafiavam, ficou inerte e tentou entender.

"Eu sei que ela cuidou bem de você... que lhe deu coisas, estudo, que eu nunca poderia ter lhe dado", disse, tentando acompanhar o vulto que estava à sua frente naquele começo de tarde. "Eu peguei tanto filho de gente da mata, amparei com minhas mãos, e a coisa mais preciosa é quando ela", levantou a mão enrugada, "devolve o filho para uma mãe. Mas você foi confiado a mim, tudo o que eu mais queria era ter cuidado de você.

"Sempre essa maldita disputa de terra que não nos deixa em paz. Por isso eu tive que deixá-lo na cidade, ameaçaram me colocar daqui pra fora. Agora querem me tirar daqui porque disseram que tudo que está aqui será um lago. Vai encher de água."

José olhava agora para a mulher com a admiração que sentiu um dia por sua mãe, mas, ao mesmo tempo, queria arranjar de uma vez por todas a remoção dela para a cidade. Pensou consigo mesmo: e se ele dissesse que sim, que era o filho que ela tanto esperava, que sim, ela não precisava mais esperar por ninguém? Poderia solucionar o problema se arrancasse dela a promessa de deixar aquele grotão para que a usina começasse a funcionar.

Só por isso ele se sentou ao seu lado.

Divina segurou sua mão e perguntou se ele a perdoava. Ele tentava ver além do branco que enevoava os olhos dela. Talvez tenha feito tanto esforço que seus próprios olhos agora estavam embotados também. Ele pensou em se desvencilhar daquela mão, mas as lágrimas vieram sem controle. Esfregou os olhos, envergonhado que estava. Ela lhe ofereceu o peito, onde ressonava um coração cansado, mas que ainda batia como um tambor. Divina afagou a cabeça de José em seu colo, e contou que não houve um dia desde seu nascimento em que não tivesse pensado nele, que não houve um dia em que não tivesse feito preces e evocado encantos para protegê-lo.

Ele se viu imerso numa atmosfera que era a vibração de um corpo; ela vibrava com tudo à sua volta: as árvores, o rio, a terra e a revoada de pássaros. Ele escutava a mulher que acreditava ter encontrado o filho perdido. Ao mesmo tempo, chorava como uma criança, chorava o que não pôde chorar em suas primeiras horas, ao nascer. Chorava por todos os fracassos que engoliu a seco, por todas as vezes que não pôde chorar.

"Chore, meu filho", ela repetia enquanto o embalava como fizera havia tantos anos com a criança da casa-grande.

E ele habitou por um dia o casebre que seria tragado pelo lago da usina. Foi o lugar onde voltou à paz, sentiu coisas que talvez tenha procurado de forma inconsciente, sem nunca encontrar, por toda a vida. Dormiu na rede que ela lhe ofereceu, e foi como se ainda continuasse embalado por seus braços. Divina apagou o candeeiro para que a luz não lhe perturbasse o sono.

Despertou sem entender por que havia dormido naquele casebre.

Mas recordava da promessa de Divina de que deixaria a terra, de que partiria com ele e o cachorro, e seu bem-estar foi maior ao recordar que estava tudo resolvido.

Esperou por ela. Procurou-a por todo canto. Enquanto se embrenhava entre as árvores em busca de sinais, teve medo de se perder. Era como se todos os sons que habitavam a mata guardassem a imensidão de um enigma, de algo absolutamente novo e com que ele ainda não poderia lidar.

Passaram-se dias e ela não voltou. A velha se apagou de sua presença como um mistério, assim como a luz gerada pela usina se acenderia muito longe dali.

Na inauguração da usina, José escuta o discurso de um dirigente sobre a importância da geração de energia. Naquele instante, recorda uma conversa em que Sônia dizia que, para a luz se acender nas indústrias, nos comércios, nas casas, muitas outras precisaram ser apagadas. Quando a luz do lustre do salão onde ocorre a cerimônia se apaga, oscila e reacende, José se lembra da velha apagando o candeeiro com seu hálito doce, um sopro, antes de dormir.

manto da apresentação

eu sou a voz que te acompanha desde o início, a palavra que atravessou gerações, vem de tempos imemoriais até tu, jesus filho, e aqui, na clausura deste quarto-forte de paredes escuras e sombrias, das portas de ferro e do grande ranger das suas dobradiças, da luz parca a iluminar seus ares, da fenda aberta para o infinito do teu corpo, com a linha e a agulha que guardaste para tua missão, dos uniformes azuis desfeitos para finalmente servirem ao teu derradeiro fim, voltando ao início da terra, quando não existia dor nem morte, quando não existia pranto nem fome, quando não existia prisão nem choque, voltando ao estado primordial, quando tudo era apenas uma célula, uma ínfima luz suspensa na infinita escuridão do nada, quando não havia nem vento nem água nem céu nem terra, nada que não existiu se encontrará no teu íntimo, jesus filho, nada existe, nem o passado nem o presente, nem mesmo as paredes que te confinam num ponto mínimo do espaço, eu sou a voz, escrita em símbolos minúsculos por não ser maior que nada, a voz feminina e negra, a voz que existe em tudo que guia os seres viventes por horizontes de luta e solidão, de vitórias e derrotas, a voz que se faz ouvir, a voz que é silenciada, a voz que é um som no vazio das coisas e que também não se fará som na ausência de tudo, eu que te acompanho desde sempre, porque jesus filho não teve um nascimento espiritual, diz a todos que apenas apareceste vivo, que não houve nascimento nem morte, nem dor nem sofrimento, jesus filho se fez como a luz para os olhos dos que aqui estavam, neste quarto-forte há o pouco que te coube, mas o mundo está na tua alma, e com a linha e a agulha passarás os dias, de aurora a aurora, de crepúsculo a crepúsculo, com o trabalho das tuas mãos, jesus filho, com a arte do bordar, porque dessa forma o mundo foi feito, com a paciência do grande, jesus filho, e que a paciência esteja convosco, porque ferirás tuas mãos com o ímpeto da tua agulha, que estará carregada da virulência dos que maldizem, então deverás domá-la como um cavalo arisco entre os dedos para que não te escape, para que sirva ao teu propósito, a paciência deve estar também no desfazer das linhas quando te faltar adoração, jesus filho, porque os que te amam verdadeiramente te ofertarão linhas de muitas cores, mas, se te faltar linha, que a faças com teus próprios métodos, descosendo as vestes velhas, as vestes cruas, mesmo que sem elas estejas nu, porque nada deves temer, desde que sigas com o propósito, aqui neste minúsculo quarto que abrigou a dor e a morte, o contrário da humanidade, jesus filho, refundarás o mundo, o mundo como é, como deverá ser, e tuas mãos te guiarão através do mundo, tuas mãos de fogo e sangue bordarão esse mundo, como eu, a voz, bordei o mundo que te trouxe até a colônia, o mundo que te fez se retirar do mundo, te trouxe até aqui, onde refundarás o novo mundo, que entregarás aos homens para que o admirem como belo e perfeito, como fizeram no princípio, pedirás a alguém do lado de fora que tranque teu quarto com cadeado, nele passarás sete anos de trabalho, porque se para o poderoso foram sete dias, para que teu mundo guarde a perfeição, jesus filho, deverás fazê-lo em sete anos, para que sejas maior do que a terra que te trouxe até aqui, tranca-te no quarto e começa a reconstruir esse mundo, porque é preciso salvá-lo tão logo venha o juízo, e deves estar apropriadamente vestido nesse dia, não deves vestir o roto uniforme da colônia, nem as roupas vãs que guardam a nudez do homem sobre a terra, deverás te apresentar com um manto divino, bordado com toda a delicadeza das tuas mãos, com toda a sensibilidade da tua arte, porque o poderoso bordou o mundo com a delicadeza da sua arte, assim o fez, e deves te cobrir com o manto, que consumirá muitos dias e noites de trabalho, que deverá guardar o esplendor das vestes nobres, nele deverão estar escritos os nomes de todos os eleitos escolhidos por ti, jesus filho, no teu interior, a ti não será dado o mérito, és apenas um cavaleiro nobre e servil, toda honra e glória deverão ser dadas ao pai, o cobertor vermelho será teu norte, onde tudo deverá ser realizado muito pequeno, cada coisa que vier à tua lembrança, para que sejas vigoroso no teu intento, tudo deve ser bordado, o manto será uma arca que te vestirá, onde as coisas do mundo embarcarão para que no dia do juízo nada seja esquecido, por isso são sete anos de reclusão, muitos dias haverá fome, hás de observar as penitências que te serão impostas, hás de observar as dores da carne e do juízo, então a fome te trará a loucura, porque a lucidez trouxe a humanidade ao estado de desolação, onde os justos, como jesus filho, padecem no limbo da ignorância humana, então hás de seguir o que a voz te determina, hás de morar na casa do pai, o juízo será conduzido por ti, os homens prestarão informações sobre todas as atrocidades, as mentiras e a vileza do ocaso, os homens se prostrarão diante de ti, ó juiz, e prestarão contas na justiça divina, e se abaterá a destruição porque o pai arrasará o mundo em fogo, guardes tudo o que puderes no teu manto, para que te lembres do que deve ser cobrado, este é o manto da apresentação, e com ele deverás estar no dia do juízo, porque ele não será fruto da razão humana, tuas mãos serão guiadas pela experiência divina, e propagarás essa certeza até o fim do teu caminho na terra, mas não só sobre o manto debruçarás toda a tua luz, toda a energia vital do teu corpo e espírito, derramarás a verdade sobre tudo que te chegar às mãos, com misericórdia, com devoção, jesus filho, nas coisas que te chegarem às mãos, pelos anjos, pelos que te amam, devem ser guardadas neste recanto escuro e úmido onde habitas, sobre tais coisas debruçar-te-ás para que tenham vida, para que das coisas mortas se faça a vida, assim o mundo ressurgirá como sempre deveria ter sido, das tuas mãos de misericórdia, com sangue e fogo, da agulha, das linhas de cores, e das linhas que serão retiradas das vestes dos loucos, é com esses restos de vida que forjarás outro mundo, onde a verdade resplandeça como a luz primordial dos tempos idos, do início de tudo, viverás a experiência do pai que a tudo fez, das tuas mãos serão forjados os alicerces de um novo mundo, e se o pai, divino, o fez em sete dias, o farás, jesus filho, em sete anos, para que não haja a possibilidade da imperfeição, para que haja tempo para que tudo seja feito e desfeito e refeito, eu, a voz, guiarei tuas forças, para que tudo seja realizado com esmero e do nada das coisas há de surgir o começo, onde se fará a terra e o céu, como o próprio pai fez, bordarás com tuas mãos tudo novamente porque essa será a casa de um novo mundo, perceberás que não é suficiente, que nada do que se passou ou passará estará contido nesses panos rotos, tudo flutuará sem forma e no vácuo, como teus pés flutuam do chão, a água do mar por onde navegaste não estará lá, mas há de se fazer com o azul dos uniformes, tua mente mover-se-á ativa sobre todas as coisas, pela superfície do nada onde se fez o céu e a terra, onde se fez a água, e jesus filho dirá, enquanto bordas com tua paciência de descaso e ilusão as dores que carregas desde o princípio, "venha haver a luz", e a luz virá em desenho do teu espírito, mansa e quieta como o sono da madrugada, o sono dos insones quando sucumbem à finitude do corpo, e a paz far-se-á presente, tudo te confortará, será bom, mas, diferente de deus, não separarás a luz e a escuridão, porque todos carregam a luz e a escuridão em si, farás a luz e a escuridão caminharem juntas, porque o dia e a noite são a sucessão da vida, a terra gira e os corpos se movem, não faz sentido dividir a luz e a escuridão e chamá-la de dia e noite, porque há luz na escuridão do corpo, como há trevas na luz dos homens, daqueles que do alto da sua eloquência, no dom da sua oratória, ludibriam e enganam, então cada um haverá de fazer crescer em si a verdade que guiará as ações, o tempo não poderá ser medido, há muito tempo estás aqui sofrendo toda sorte de castigo, de química e de choques elétricos, de prisão, de mutilação do que pode haver de melhor num espírito, nas águas estarão os peixes e as embarcações, a luta e a glória, a geografia do todo, porque conheces os caminhos do teu mundo, os dias passarão insones, os dias serão longos como uma jornada, a cabeça te doerá como uma rocha esculpida por martelos, não desanimarás, haverá forças no jejum da tua fome, para que sejas santo, as mãos estarão dormentes nos dias de frio, mas ainda assim não desistirás do propósito maior, haverá dias em que o calor será causticante e teu corpo em brasa estará envolto de insetos e moscas a porem à prova a paciência que te guia, ainda assim permanecerás, precisarás seguir o movimento de tudo, o movimento fará a obra se erguer da força dos teus desígnios, ocupará as paredes do teu quarto, o céu da tua cama, os cantos onde nada brota neste cubículo estéril onde tentam encerrar tua vida, jesus filho, mas a força da tua lei, tua promessa se cumprirá, de forma a arrebatar das trevas os que tentaram te calar, não aceitarás nenhum remédio que venha a te provocar torpor, porque da prostração nada poderá surgir, só da liberdade do espírito de um homem de deus surgirão as melhores coisas; para tanto, precisas estar vigilante, alerta, porque as coisas se expandem, e te deterás nitidamente nas águas, delas deus se ocupou no segundo dia, e para ti não importarão as horas nem o tempo, mas terás a tarefa de bordar com as linhas desfeitas, nas tuas mãos, os oceanos, os rios, e cuidarás com muito zelo das embarcações, nelas atravessaste o mundo, e

muitos atravessarão o fogo em embarcações, com todos os detalhes das suas partes, com atenção especial às velas e às bandeiras, farás também uma arca para que abrigue todos os animais desprezados do mundo, para que todos se salvem, sem
exceção, nela devem estar abrigados os cães lazarentos, os gatos famintos que jesus alimenta com sua parca refeição, os animais caçados, os pombos, os ratos, as lagartixas, as salaman-
dras, todos os seres fantásticos que na arca puderem se abrigar,
pois haverá um novo dilúvio e os eleitos serão salvos pelos trabalhos das tuas mãos, bordarás e amarrarás tudo com muita
devoção, porque essa foi uma árdua tarefa para aquele que não
teve começo nem fim, tecerás e ornarás as vestimentas com a
delicadeza dos teus gestos, com linhas e agulhas rompendo
a rigidez do tecido, conduzidas por mãos santas, este quarto-
-forte será a oficina do novo mundo, lembra-te de que haverá
terra depois da torrente de águas, que haverá amor depois da
fogueira da justiça, que haverá jesus filho, mesmo que te en-
cerrem na prisão das paredes deste hospital, essa expansão que
consegues observar apenas do teu interior é o que chamamos
de céu, e o céu pode ser tudo, ele está no azul dos uniformes
à sua volta, é a profundidade de toda espera, é o caminho de
todo desejo, o céu é o que nos cerca, a vida não será uma
eterna meia-noite de 22 de dezembro de 1938 quando, acom-
panhado de anjos, te apresentaste no mosteiro de são bento,
não como arthur bispo do rosário, mas como o juiz escolhido
por ele, jesus filho, e dali serias reconhecido por onde passa-
vas, por frades e médicos, como o filho do todo-poderoso, a
julgar na terra dos homens, e para esse dia te vestirás com o
manto e nele te apresentarás a todos, e o manto carregará os
símbolos do mundo, tudo que realmente importa, carregará a
rosa dos ventos, como a rosa das embarcações que indicam o
destino, tua rosa pura desabrochará com os destinos dos homens, marcada com as cores no manto, se perguntarem por

teu nome digas "tu estás falando com jesus", com a linha branca e o trabalho das tuas mãos bordarás um coração branco para que os homens se lembrem de que o coração deve guardar a paz, tudo circunda a palavra universo com destaque, são sete anos com a luz do céu para construir o mundo pequeno, esse que é como o nosso mundo deverá ser depois do grande dia, será dito que se ajuntem as águas debaixo dos céus num só lugar para que possa haver no teu mundo de mares a terra seca também, a terra, o chão dos que vivem, menos tu, que flutuarás com os pés longe dela, erguido por sete anjos com poderes e glórias como no dia da anunciação, e brotarão a relva, as árvores frutíferas, as sementes, mas também os peixes do mar, os cavalos-marinhos, as baleias, as embarcações e todas as bandeiras que puderem ser refeitas nas tuas mãos para que te lembres dos lugares onde flutuaste, para que depois te preocupes com o sol e a lua, o luzeiro maior e o luzeiro menor, na escuridão do mundo que é este quarto, é preciso que nasçam sóis e luas do teu peito para que o mundo seja repleto do calor e haja organismo vivo em tudo que teces, em tudo que pintas, em tudo que constróis, é preciso que haja luz nas trevas das almas, sempre encontraremos a treva porque a luz é provisória, tem começo e fim, não é absoluta, antes não existia, que produzas enxames de almas viventes nas águas e nos ares, na terra também, para que se movam no tecido do teu mundo criaturas vivas que rastejam como os homens, aladas como as que aparecem nos sonhos, selvagens e domesticadas, para que depois também venham a ser feitos a mulher e o homem, matéria da vida, de amores e aflições, eles serão feitos à tua imagem, porque no íntimo todos são feitos do mesmo barro e da mesma linha, das tramas do pensamento que guia a agulha, mas não haverá descanso para ti nem mesmo ao fim, jesus filho, ornarás o manto com a balança da justiça para que quando anunciares o dia do juízo se lembrem de que se trata da justiça divina que destruirá o que não prospera neste solo, na frente do manto deverá haver uma mão espalmada como sinal da luta, como signo do trabalho, a lembrança de que tudo se fez com as mãos, que delas surgirá o segundo mundo, este que bordas incansavelmente em delírio e epifania, que delas surgirão as ordens e as preces, das mãos vem o amparo das crianças ao nascerem, ou dos que matam e ferem com punhais e morte, das mãos que plantam e alimentam, a mão espalmada deve estar à frente do manto para que se lembrem de que não haveria obra sem as mãos, são tuas mãos generosas e hábeis que tecem este novo mundo para maravilhar o homem, as mãos que fazem o pão, deves também bordar o globo terrestre, para que saibam para onde caminhamos, seu interior deverá carregar algo muito precioso porque nele estarão os nomes dos eleitos, que sejam louvadas as mulheres que subirão para sua morada, jesus filho, as mulheres que serão arrebatadas, porque nas suas dores se fizeram maiores que os homens, com seu senso de humanidade interromperam guerras, sofreram dores, atravessaram desertos, viveram odisseias, transpuseram muros e cercas, forjaram a liberdade nas entranhas do seu ventre, nadaram por oceanos, elas que terão seus nomes escritos no interior do manto que vestirás para o dia da fúria e da glória, zélia, raquel, francisca, rosa, dalmira, eurides, celina, isabel, aracy, alma, tereza, dagmar, olinda, dinorá, luzia, leda, heloísa, wanda, elizete, doramar, fátima, cremilda, tiana, divina, isaura, yanici, dominique, ana, cláudia e muitas marias, guardadas nesse campo da memória, das que jamais serão esquecidas, todas estarão escritas com tua caligrafia precisa no claro interior do manto da apresentação, na solidão dos teus dias de cárcere, elas que ocuparam teus pensamentos por terem te guiado pelos caminhos por onde andaste, por terem se consternado diante do filho, elas maternas, mulheres, pulsando vivas, e recorda que eu sou a voz, aquela que não existe a não ser quando ecoa vibrando o ar, aquela que rompe o silêncio do espaço, morna como o afeto, aquela que atroa na noite da memória, que te segue feminina, a voz que não é nada, que só é coisa quando se faz ouvida, a voz que atravessou milênios, que ainda existirá quando nada existir, eu, a voz, que te levanta dos despojos, grave, aguda, doce, enérgica, o som que te acompanha na escuridão de um quarto-forte, uma prisão injusta, nas lembranças da luz de outrora, o vento rompendo tuas estruturas, devolvendo-te o sal da pele, a voz ensaiando dizer, ensaiando falar, agora te diz que faças do lixo e das coisas que não servem um novo mundo, a voz da mãe, a voz dos ancestrais, o som gutural do âmago da terra, apenas para quando te for dito que teu mundo está pronto e te veste com teu manto

Nota do autor

As personagens, situações e temporalidades desta obra só existem no universo ficcional do autor e dos leitores que assim o perceberem. Em "O espírito *aboni* das coisas", palavras da língua jarawara — uma das muitas etnias indígenas de nosso país — são transcritas e antecedidas por seus significados em português. A fonte para esse rico vocabulário foi o *Dicionário jarawara-português* (edição on-line, 2016), elaborado pelo linguista Alan Vogel. O conto "Doramar ou a odisseia" faz uma breve referência à crônica "Mineirinho", da escritora Clarice Lispector, quando transcreve uma frase da própria autora dita em uma das raras entrevistas audiovisuais que ela concedeu. Por fim, "manto da apresentação" traz elementos biográficos do artista plástico Arthur Bispo do Rosário. As fontes que me permitiram penetrar esse universo foram a dissertação *Manto da apresentação: Arthur Bispo do Rosário em diálogo com Deus*, de Alda de Moura Macedo Figueiredo, e o significativo acervo de entrevistas e documentários sobre o artista.

Agradecimentos

Agradeço aos escritores Ana Valéria Fink, Rosângela Vieira Rocha, Alex Simões, Marcelo Maluf e Tom Correia pela generosa leitura dos originais desta obra, e por suas considerações.

© Itamar Vieira Junior, 2021.
Publicado mediante acordo com MTS Agência.

Todos os direitos desta edição reservados à Todavia.

Grafia atualizada segundo o Acordo Ortográfico da Língua
Portuguesa de 1990, que entrou em vigor no Brasil em 2009.

capa
Elisa v. Randow
ilustração de capa
Aline Bispo
composição
Jussara Fino
preparação
Silvia Massimini Felix
revisão
Erika Nogueira Vieira
Jane Pessoa

8ª reimpressão, 2024

Dados Internacionais de Catalogação na Publicação (CIP)

Vieira Junior, Itamar (1979-)
Doramar ou a odisseia : Histórias / Itamar Vieira Junior.
— 1. ed. — São Paulo : Todavia, 2021.

ISBN 978-65-5692-146-4

1. Literatura brasileira. 2. Contos. 3. Ficção
contemporânea. I. Título.

CDD B869.93

Índice para catálogo sistemático:
1. Literatura brasileira : Conto B869.93

Bruna Heller — Bibliotecária — CRB 10/2348

todavia
Rua Luís Anhaia, 44
05433.020 São Paulo SP
T. 55 11. 3094 0500
www.todavialivros.com.br

fonte
Register*
papel
Pólen natural 80 g/m²
impressão
Ipsis